請你留在十七歲

還沒唱完的那首歌

許斐莉 著

群山環拱
海天蒼茫
巍巍吾校何輝煌

1980 年代的復興高中校門口
有著美麗的紅色大門，同學尼
姑很會拍照，為班上的漂亮女
生在校門口和圖書館前留下倩
影。（尼姑／攝影）

同學設計的校徽。（上圖，取自復
中 30 畢業紀念冊）

畢業紀念冊上的校門口照片（下
圖，取自復中 30 畢業紀念冊），
可以看見蔣公銅像佇立在行政大樓
前，那裡是同學拍照或會面的地
標，我們也喜歡坐在行政大樓前的
階梯上。（右圖，尼姑／攝影）如
今銅像已經移到牆邊。

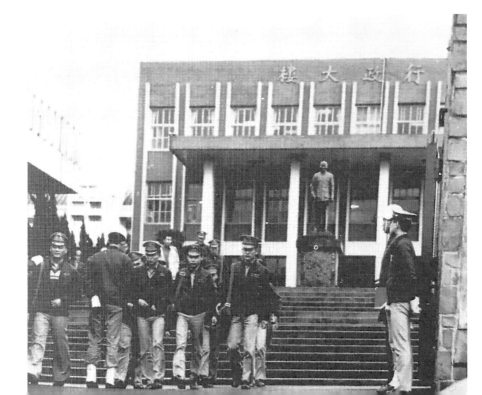

那時 我們深愛的情人坡
有老榕默々守護
操場像個谷地
被石階與青春深々環抱

從男生教室復興大樓往下俯瞰，可以坐擁
全校最棒的視野。紅色的行政大樓裡有愛
抓男女生講話的校長，情人坡上的老榕樹
標示著楚河漢界，操場的紅土地刻畫著年
輕的心遺留下的每一個腳步。而我們喜歡
在石階上聊天看人。隨著學校的改建，石
階已走入歷史。（尼姑／攝影，許斐莉／
提供照片）

跨越 禁忌的長河
我們打開羞澀的心扉
寫下青春的
叛逆與張狂

1980 年代的復興高中管教嚴格，校方對
於男女同學的社交活動非常注意，但是
同學們仍然可以透過參加社團和異性互
動（下圖，許斐莉／提供），唯有合唱
團被校方認定為地下組織。（右圖，老
杜／提供）

合唱團男同學在學校
後門的別墅區租屋，
人稱「土匪窩」，合
唱團的男女同學就自
稱是土匪兄弟與土匪
婆子。我們在土匪窩
留下美好的回憶。同
學老杜後來還帶妻子
回土匪窩拍婚紗。
（老杜／提供照片）

純真年代
真摯情誼
感恩妳
曾經與我同行

同學們來自四面八方，以校
為家，彼此之間沒有什麼心
眼，用真摯的誠意對待彼此。
（尼姑／提供照片）

請你留在十七歲

還沒唱完的那首歌

許斐莉 著

國家圖書館出版品預行編目（CIP）資料

請你留在十七歲：還沒唱完的那首歌 / 許斐莉 著.
-- 初版 . -- 臺北市：櫻桃園文化 , 2018.05
256 面 ; 14.5x20.5 公分 . -- (CF ; 3)
ISBN 978-986-92318-7-9（平裝）

848.6   107005016

CF 3
請你留在十七歲：還沒唱完的那首歌

作者：許斐莉
手寫詩與畫：許斐莉
編輯：丘光
校對：陳錦輝、許斐莉
照片提供：老杜、辛可、許斐莉、仰仰、尼姑、廖子明、涂萍老師、Darcy
版面設計（封面及內頁）：丘光
出版者：櫻桃園文化出版有限公司
地址：116 台北市文山區試院路 154 巷 3 弄 1 號 2 樓
電子郵件：vspress.tw@gmail.com
網站：https://vspress.com.tw/
版權所有　翻印必究

印刷：世和印製企業有限公司

總經銷：遠足文化事業股份有限公司
地址：231 新北市新店區民權路 108-2 號 9 樓
電話：02-22181417　傳真：02-86671891

出版日期：2018 年 5 月 2 日初版 1 刷（тираж 1.5 тыс. экз.）
定價：320 元

謹以此書
獻給曾經青春
以及
青春正艷的
你和我。

目次

卷二 青青子衿

卷三 跨越情人坡

319 的孩子們

文／**涂萍**（作者高中導師）

　　教學生涯三十年，十九年任教山城復興高中，十一年在城中成功高中。七十年代復興高中，319 班的孩子是我三年導師班的學生，由於住宿有夜間輔導，增加了相處時間，增進了彼此感情。我有兩個兒子但沒有女兒，班上的學生都是我的女兒，感謝上帝補足了我沒有女兒的遺憾。

　　許斐莉當時在班上並不是最出色的學生，她是個不服輸的孩子，挫折讓她成長，崎嶇是她成熟的捷徑，不斷努力造就了堅毅閃亮的一顆星。斐莉啊！你的 photographic memory 喚回了許多讓人溫暖的記憶，點點滴滴都是在山中走過留下的痕跡，山城復中客緬懷一世復中情啊！

　　惜緣啊！在人生的旅途中，319 的孩子們是我生命中的一部分，三年青春歲月也深刻印記在你們心中。Out of sight, out of mind. 但離久情未疏，緣分讓我們再相聚呢！

　　海明威的散文是我喜歡的，與大家共勉——

"In a calm sea every man is a pilot. But all sunshine without shade, all pleasure without pain, is not life at all. There's nothing noble in being superior to other men. The true nobility is in being superior to your previous self."　　　　by Ernest Hemingway

「在平靜的海上，每個人都是領航手。然而，沒有陰影的陽光、沒有痛苦的快樂，稱不上全然的人生。超越他人並沒有什麼高貴之處，真正的高貴是超越先前的自己。」　　　——海明威

　　在今日師道蕩存的社會中，能有三十二年前的學生記掛，心中的激動非筆墨所能形容啊！319 的孩子們，感謝有你們同行，增加了我有生之年的幸福，添加了我生命的色彩。祈禱上帝保佑孩子們每天平安喜樂！

　　我民國九十年退休，已有七十二歲高齡，腦中多巴胺分泌不足，手有些顫抖，久未提筆，為文作序對目前的我是一大挑戰。I do my best to make the impossible possible. 在有壓力的情況下完成了有意義的使命，感謝主！

Nov. 17, 2017

與我同行

文／周 Pia（資深媒體人）

　　人生，就是一場場的相遇和分離，一次次的遺忘和開始。

　　在茫茫人海中，不論短暫相遇之後的長久停留，抑或擦身而過，就此相忘兩江湖；總有一些人一些事，某些相遇，會在不經意間被記憶撩撥出來。於是你終於知道，有些遺忘並不是真的就此清空了，它們只是被小心的收放著，深深藏在心底的某個角落。

　　我清楚的記得那一天，斐莉一早十萬火急的一個 LINE 群組邀約，就在那個剛睡醒不經意按下加入鍵的舉動之後，全新的美麗心世界誕生了。叮叮咚咚地，瞬間電光石火、花團錦簇，彷彿蒼茫荒枯的天際間，硬生生闢出了一個嶄新的結界，裡面春暖花開，有著揮之不盡的歡騰嬉鬧。

　　是的，我們又重新與 17 歲的自己相遇了。

　　用著 50 歲的身軀，倒騰著失而復得的亢奮，以及 32 年前揮手一別後再次重逢的激情。停歇不了的何止是一聲聲 LINE 的提醒，還有那些早已遺忘的青春絮語。

　　果然每一次的相遇，都是久別重逢。在這場註定的因緣際會裡，我們曾經一路攜手相伴，走進充滿陽光的午后，穿過浪漫不停的雨季，驚豔了年華。

　　30 年倏忽而過，不知不覺我們都長成了堅強的女子，不管生活如何考驗，都在努力勇敢的向前行。而流年似水，匆匆而過；在一段又一段冷暖交織的歲月裡，我們探索自我，迎著數不清的花開花落，尋找著幸福，慢慢的變老。

　　是那麼的慶幸，和無比的開心，曾經以為遺忘了的青春，在斐莉不懈的牽成，還有眾多同學們彼此努力交換訊息下，重新激活出了新的姿態。一如，我們心心念念，曾經的那棵情人坡上老榕，夢裡依舊開枝散葉，溫暖著一代又一代的復中人。

　　斐莉始終是我們大家心中目的那個小女孩，唱歌十分動聽，帶著女孩般靦腆的笑容，咯咯的笑聲總讓人聽著忍不住跟著笑出來。在妳不知道的角落裡，笑著哭著偷偷地暗戀著，然後觀察著這一切，默默的回家記在日記裡。

　　她帶著一個小女孩的惶惑不安，近乎神經質的將所有青春記事悄悄小心珍藏著。如今，小女孩長大了。自信、溫柔、強大，且充滿慈悲。長情的她，始終記得那個影響著她的山城歲月，曾有那麼一群至交好友，一些

少女心事，一些可愛師長。

感恩她的超強記憶力，和渴望給自己的 50 大壽一份紀念，這本書被她火速的撰寫後出版，我們也才終於有了這樣美好的機緣重聚。

讀著她娟秀大器的手寫稿，心裡的感動很多。透過了這本書，她熱烈追尋著屬於她自己的成長軌跡，成功重新探索了自我。然而那些個真實又純真的片段，在她筆下一幕幕襲上心頭時，屬於我們各自的青春日記，也悄然緩慢的復甦。

閉上眼，我彷彿聞到了宿舍裡，那只有女孩子獨有，帶著清淺雪芙蘭香氛，充滿著青春的乾淨氣息。無數個夜裡，我們偷偷來到宿舍頂樓，鋪上床單，身體靠著身體，仰望星空入睡，然後在微風和陽光的親吻下睜開雙眼，歡喜展開新的一天。

我喜歡看著情人坡上的日升日落，人來人往。就像是不遠處的觀音山總是溫柔安靜凝望著，所有的聚散離合。我們這群孩子，離開了家來到這裡，彼此相親相伴，在山城歲月裡張揚著青春。

青春之歌，不管流光翻飛過多少年代，譜出的是怎樣不同的音韻，在每個人心中，都是今生獨一無二的美麗。

突然想到了青春正盛時，我們最喜歡的那些詩句中，

請你留在十七歲

席慕蓉曾經寫著：

> 我一直想要
> 和你一起
> 走上那條美麗的山路
> 有柔風　有白雲
> 有你在我身邊
> 傾聽我快樂和感激的心
> 〈與我同行〉

是的，我珍惜也感激著，走在這條路上，你我一路相伴同行。

32 年一別後，當思念生根抽芽，唯願我們最愛的涂萍老師和應厚步老師，和其他所有的師長，以及親愛的同學們皆幸福安好。而有緣有幸的我們，又重新回到了彼此的生活裡，相伴迎老。

2017.11.16.

陽光燦爛的初冬午后

12

相遇在山城

文／Mr. Darcy

　　對於山城學子們來說，復中當然不是升學的前三志願，但卻是我們美好回憶的第一志願。如果時光可以倒流，我想我還是會毫不猶豫地再一次選擇復中，再一次用更飛躍的姿態，來寫下我所認為最輝煌燦爛的高中時代。

　　感謝斐莉不辭勞煩，辛苦地為大家代言，把我們這些山城遊子的共同記憶串聯起來，不只是喚醒了「五年級生」塵封多年、幾乎快要遺忘了的那份感性與純真，更以如此華麗雋永的方式呈現，並流傳下去。

　　多數如我這般凡人，尤其是年過半百、庸庸碌碌的超級平凡人，偶爾不經意時總是會回想起年少輕狂的流金歲月，雖然也曾經幻想過要再找回那些失落已久的單純與快樂、感性和浪漫，然而大多時候，終究還是只能踩著入世的節奏，繼續過著平凡（庸）的生活。斐莉幫我們敲響了深藏在心裡的那段青春樂章，至少在讀這本書的時候感覺是如此……

　　書中所描繪的情節與刻劃的場景，不只是山城學子們的故事，其實也是那個年代高中生活的共同記憶與縮

影——特別是對五年級生來說，讀起來應該都會很有某些共鳴與迴盪。有的人可能讀到一半，會去翻箱倒櫃，尋找那本（八成是找不到的）畢業紀念冊（就算有找到，可能也已經忘了自己究竟是哪一班？）；有人可能會拿起手機，想與尚未完全失聯的高中同學假意寒暄一番，內心實則只是想印證一下那些已經失落的共同回憶（或失憶）；有的人甚至會想要辦個同學會或聚餐什麼的；當然，大人們最會幹的事，一定是拿起手機或平板（已經老花眼的只好用筆電），在臉書或社群軟體上敲幾個關鍵字，期望能搜尋到一點蛛絲馬跡，瞧瞧當年那個曾經讓自己魂縈夢牽、午夜夢迴的暗戀（或單戀）對象，在時移事往的今天，會是怎生的一個模樣。

　　印象中，高中時期的斐莉循規蹈矩，天真善良，個性看似害羞拘謹，但卻很愛唱歌很愛笑，說話的聲音好聽，才華洋溢，文采斐然，寫得一手好字，更是班上合唱比賽時的指揮，一整個就是當代文青（文藝青年）的模樣。記得當年在校外宿舍初次相遇的光景，老實說，斐莉和我們這群放蕩不羈的頹青（頹廢青年）比較起來，還真是反差頗大。她是個單純、愛做夢、守規矩的乖小孩，我們則是早熟叛逆又愛玩的壞學生（也就是現代人說的「小屁孩」）。照理說，文青與頹青風格迥異，志趣不投，應該彼此覺得礙眼且格格不入才對，結果有趣

14

的是，當年我們卻能開心地玩在一塊兒，一起彈吉他唱歌，一起上大屯山看雲海，一起在大度路飆車，也一起談論未來的理想和夢想……

　　畢業後大夥兒各奔東西也各自努力，同一掛的同學間或偶有聯繫，不同派別的同學自然也就日漸疏離了。斐莉自政大畢業後，旋即負笈美國攻讀碩士學位，學成歸國後也順利任職於國內頂尖的平面媒體，算得上是學以致用的青年才俊。那幾年，斐莉與我的聯繫並不多，記得好像僅僅見過一次面吧？回想起當時見面的光景，少了熟悉的那份青澀，多了幾分理所當然的沉穩。或許是因為那幾年兩人歷練的環境差異頗大，年少時那些純真浪漫的情懷似乎也已不復存在，當下的交談顯得生疏也感覺遙遠了……

　　那次見面以後，彼此就沒再聯繫也失去了音訊，而這一別竟是二十年之久！期間內心或偶有牽繫，然而終究還是只有放在心裡，任其隨著時間淹沒在紅塵之中。直到幾年前，偶然在網路上看到一篇斐莉刊登在《中國時報》人間副刊的文章，那熟悉的語氣與依稀相識的角色躍然紙上，突然喚醒我在心裡沉睡已久的那份繫絆，當下內心著實悸動不已，塵封已久的記憶也沛然湧上心頭……

　　拜科技之所賜，其實不怎麼費力就得悉斐莉這些年來的軌跡。之後當然也曾經動念想與斐莉取得聯繫，只

是我生性疏懶低調，再加上自己旅居海外數年惟恐聯繫不易（其實躊躇怯生可能才是主要原因），所以就在試了幾個間接的方法卻不成功之後也就擱下了。（吾人雖非佛徒但也略懂隨緣的道理）

而緣滅緣起總是超乎吾輩凡人的預期，就在 2016 年冬天，我們竟然又聯繫上了彼此，然後，就像言情小說裡的「老哏」或瓊瑤電影中的橋段一般，就在天寒地凍、雪花紛飛的那一天（不要懷疑，就是百年來台北冷到下雪的那天），我們相約重逢在山城……

離開學校三十幾年，再一次漫步在復中校園裡，內心真是百感交集。不但人事已非，連景物都已不太依舊（都會版的滄海桑田），心中微感失落與惆悵。想當年，曾經飛揚的都已沉默，到如今，曾經憂傷的依舊掛懷……幸運的是，今生還有這樣的緣分能再一次回到山城，一起回憶曾經美好的青春歲月，也一起憑弔早已逝去的快樂與悲傷。

如果能夠再重來一次十七歲，我想，我不會做任何的改變……

承蒙斐莉邀序，甚感惶恐。雖然心中澎湃，文思泉湧，也躍躍欲試，然更惟恐辭不達意，貽笑大方，只能筆隨意走，若有文疏辭拙之處，尚祈讀者多多海涵。

2017.12 寫於印度

【作者序】

記憶與復活

　　這是一本遲了三十年的斷代史，是個人傳記，也是屬於我們這一代人的共同記憶，在三十年後復活。

　　復活的不只是我們當年在復興高中大屯山城的記憶，也是源自於青春、難以抹滅的、生命的本能熱情。

　　當我們忐忑地步入中年，當我們的話題從男女之間轉而關心養生與選擇醫師，當我們開始透過網路社群尋找老同學，當我們當年的偶像羅大佑復出狂打「同學會」這首歌，當現在的年輕演員紛紛進駐我們的母校拍攝偶像劇……我知道這是一本無法再延遲撰寫的書，只怕再遲便已全然遺忘。

　　2000年，青春正豔的我，以老靈魂的姿態出版了個人的第一本創作《一個人的旅行》，爬梳二十幾歲到三十幾歲的生命歷程；隔年，半虛擬小說《乖乖女愛情迷走地圖》出版，也是以個人情感歷程為基礎，爬梳我們這代女性擺盪於傳統與現代之間的情感迷思。隨著2005年我結束聯合報的工作，同時開始探索生命最根源的真理，我的生命歷程也有了極大的轉折，在進入非營利組織旗下的媒體工作後，我所書所寫、所製作的影像

17

報導或節目，皆擺脫了小我的框架，它一方面與我早年的旅遊記者經驗結合，另一方面也因為對宗教信仰的熱情與大願，我幾乎將個人創作拋諸腦後，2012 年出版的心靈書籍《虛空的聖者》，就是以藏傳佛教為基調，紀錄達賴喇嘛尊者等宗教泰斗與西藏人民，如何在流亡半世紀的過程中努力復興西藏的宗教、文化與藝術，該書設定為公益書，版稅也捐給了北印度西藏流亡社區裡的成人學校。

然而在這段期間，我沒有中斷思索的是，創作的意義究竟為何？它的不可替代性又是什麼？內心的翻騰不外乎是，當家族長輩逐漸衰老，當我自己也開始面對不可逆的健康問題，我似乎理當再回頭整理那些旁人所不可替代書寫的生命印記。於是我與父親、二哥在 2016 年共同整理了外公余萬森創作於日治時代的詩作，並且採集了大阿姨在二次大戰期間顛沛流離到日本的傳奇故事……我知道我必須著手家族史的書寫。而我自己呢？一定還有一些源自於青春期的創傷需要整理。

對於像我這樣一個努力不凡實則平庸的人，常常因為自不量力而撞得滿頭包，或是因為以療傷當藉口而對某些事裹足不前；當我從書櫃裡翻出高中時寫的幾本日記，對比記憶中的種種事件，突然了解，許多卡住我多年的結在哪裡，那些被我埋在記憶深處的傷痛，其實一

直都在，而那些舊傷，並非像我所一向認知的那麼不可解或難堪。

唯有勇敢直視那些傷痛，才能重新注入能量，讓自己在前往大願的路上踏得更穩健，也讓年屆中年的自己重新復活。

我總以為當年在復興高中大屯山城的三年是如此美好，然而我的日記裡卻是滿紙辛酸與荒唐，充滿了青澀的煩惱——那不外乎是對人生的迷惘、對自我的懷疑，以及對異性的無法了解……而我們這群因為有緣而在山城共同度過三年的同學們，用某種 1980 年代式的單純態度，讓一切都變得充滿理解、包容與希望。

在書寫此書的過程中，最有趣的是跟同學們一起回顧過往，我們翻出的信件、照片、詩作都充滿了年少的記憶，我們或許平凡，卻因為曾經以滿滿的誠意相待，讓我們在山城的歲月顯得如此獨特而無可替代。

謝謝櫻桃園文化的總編輯丘光學弟給予我絕對的創作空間！謝謝同學、學弟妹們在我書寫的這段期間陪我一同追憶似水年華！謝謝土匪窩房東張伯伯像個父親般支持我創作！謝謝阿 Pia 為我寫序、給予我寫作上的建議！還有遠在印度的 Darcy 忍受我又扒出三十年前的往事，百忙中作序支持我（天啊！我知道這非常困難）……特別感謝我的導師涂萍老師，以七旬高齡，忍受肢體上

的不便，努力為我作序，老師視我們如子，充滿無私的大愛，在我們年屆中年之際猶如一盞溫暖的明燈，再度點亮我們的人生道路！

在我就要以為全書可以付梓之際，同學們不可思議地突然透過網路社群重聚，在我們「重逢」的那幾天，大夥兒興奮地串聯尋友，七嘴八舌地更新每一個人的近況，如同當年在宿舍、在班上、在操場、在石階上、在情人坡或榕樹下的嘰嘰喳喳……我們交換過往三十年的人生歷程，發現了彼此的雷同之處，也相互撫慰傷痛，鼓勵著大家再多愛自己一些些，才能一起優雅老去。這也使得我必須再回頭檢視每一篇文稿，重新將它們整理到最好的狀態，才能安心付梓。

我無法找出所有的老同學一一致謝，希望那些失聯的同學們，有朝一日，當你們在某處翻得此書，可以收到我的感恩與祝福。謝謝你們一起陪我走過青春！這本書並不只是為了滿足小我的創作欲，而是為了你們、為了我們這個世代而寫，因為我們所共同走過的一切是如此獨特而唯一，它們值得被留下。

開卷

十五歲的夏天

《藍天》

你可還記得
春日向晚呢喃的燕子
是誰忠心吹奏著愛之船
在那又高又遠的藍天下
向全世界做似有若無的
告白

第一個男孩

　　不知何故，我的青春期充滿醜陋。

　　我的母親生得標緻，我的父親五官也很立體，但我在青春期就像個發育不良的醜小鴨；這種自卑感在國中時最嚴重，因為得留「清湯掛麵中分頭」，頭髮不但不能超過耳下三公分，還得把額際的頭髮用髮夾高高別起，露出無所遁形的大眼鏡；這種醜陋感在我進入復中後仍殘存著，而彼時忙於家務的母親也鮮少教我如何打扮，於是我就帶著既自卑又懵懂的心情進入了男女合校。

　　因為我國中時實在是太醜了，以致於從來沒有仰慕者；從小在「男生宿舍」長大，跟著三個哥哥一起生活，自然也不會有什麼女孩兒味，例如敷臉、擦乳液、逛街買女裝這種女孩成長過程必做的事，從來就不是我的生活經驗。是以在進入復中後，我重新從住校生活開始學習「女孩子家的生活」，也開始了跟男孩們的正常互動，而「辛可」就是我認識的第一個復中男孩。

　　那時剛入學，便有學長姊來問，喜不喜歡唱歌？要不要參加合唱團？音樂是我的最愛，小學時我是合唱團伴奏，也是器樂隊的一員；上國中後被迫中斷鋼琴方面

的學習，若能在上高中後重新有音樂為伴，那實在是太好了！我立刻答應參加，也就是在合唱團裡，認識了辛可。

辛可的個子不高，鼻子很大，眼睛笑瞇瞇的，負責的聲部是 Bass，歌唱時會很投入地晃著頭，十分忘情。每次練唱完回家，同住內湖的我們就一起搭 216、217、218 到圓山，等 247 回內湖。在圓山站上車往往沒有位子可坐，我跟辛可就會站在前半截車廂，矮小的我伸手勾住吊環剛剛好，像隻吊單槓的猴子，辛可雖然不高，但還是很有男子氣概地撐住身子，用手用力壓住我的吊環。我到現在都還記得，他微笑著撐住整個身體，幫我穩住重心的模樣，其實當時若在別的乘客眼中，我們只不過是兩隻吊單槓的猴子吧！然而那種友善的親切感，讓毫無男女社交經驗的我一度以為自己愛上了他。

那時怎麼懂得愛呢？多數是因為對異性充滿好奇！我很喜歡和辛可相處，我們無話不聊，這種自在的感受讓我誤以為就是愛了！我很無知地告訴身邊的同學，我在合唱團認識了一個很棒的男孩，他講話時眼睛會發亮，Bass 唱得很好，星期六練唱完後會陪我一起回家。這一切是多麼花癡啊！

事實證明，當時荷爾蒙正旺盛的我，對每一個初識的男孩都存有花癡式的好感與幻想，團裡的學長又高又

帥，很快就吸引了我的注意力，再沒多久我又轉移注意力到別的男孩身上，辛可的重要性逐漸從我的社交生活中淡去，後來他也有了心儀的對象，甚至在手臂上刻上她的名字。

也因為辛可的關係，我認識更多團裡的同屆男同學。男孩們後來歃血為盟，成了結拜兄弟，辛可為首，其次是周某、老杜、保谷、任某、姜某、炸干，總共是七兄弟。辛可雖然個頭不高，在兄弟圈裡說話卻很有份量，兄弟們後來在復中側門的翠嶺路租屋，人稱「土匪窩」，在高三那年準備聯考時，我們在土匪窩留下許多難忘的回憶，有時到土匪窩，大夥兒圍一圈坐，辛可只要開口說話，兄弟們多半言聽計從。

照片：辛可與兄弟們坐在土匪窩客廳地板上。
（老杜／提供）

　　辛可也寫得一手漂亮的字，在那個年代，人們流行寫信傳情，同學之間喜歡寫字條聊天，寒暑假見面不易，我們也會互通書信。我幫辛可傳過告白信給女同學，也居中傳話，我的日記裡詳細描述著雙方對於「告白事件」的態度與始末。那時的辛可沉默卻熱情，就算不說話，眼神也是笑著的，這使他擁有近似高學歷黑道大哥的氣質。

　　畢業後多年，辛可放棄軍法官一職，轉做公務人員，整個人更沉默了不少。他迷上潛水，在我們土匪窩的 LINE 群組裡也像潛水夫般無聲，只有在出國潛水時，會福至心靈地傳幾張正妹潛友的照片給我們看，每每引起眾怒。他的私領域猶如外太空的某顆行星，鮮少與我們產生交集了。

　　直到我開始決定寫這一本書，他好像是復活了般，開始跟我一起回憶高中時的點點滴滴。他的記性非常好，往往會記得一些小細節，我們有時會在下班後的深夜互通訊息，他總會提供很多寫書的素材給我，叮嚀我要記得寫姊妹冰果室、大陸麵店的炸醬麵、校工小亨利、校長地中海、親頰事件……等等。在幫忙校稿時還會發現我漏寫了什麼：「什麼？妳那時沒跟我們去向天池嗎？」

　　回憶太多，不復一一承載。然而我永遠忘不了那個

十五歲的夏天，在我怯生生地開展自己的人生之際，是辛可陪著我在 247 的公車上吊拉環；十七歲失戀時投靠土匪窩，也是辛可沉默卻關心的眼神一直守護著我，生怕我受了什麼傷。

我在復中認識的第一個男孩，曾經如大哥哥般守護著愚笨的、渴望有人愛的、醜小鴨的、轉不成大人的我。

照片：辛可是我認識的第一個復中男孩，他總是像哥哥一般地照顧我。在畢業手札上他也寫滿了真摯的話語送給我。（辛可／提供）

《給韋可》

我其實並不懂愛
那時我才十五歲
你是我認識的
第一個復中男孩
你像兄長般慈愛
總是微笑著說話
眼睛是晶亮的
話語是耐性的
在搭公車時會幫我
壓住搖晃的拉環

我興奮地告訴每一個人
我在合唱團遇到了很棒的男生
以為那就是愛了

傻乎乎的十五歲啊
以為喜歡就是愛了
以為一起搭公車回家
就叫做戀愛

謝謝你像大哥般呵護我
讓我的青春充滿傻氣
還有"愛人"的勇氣

禁忌的歌聲——復中合唱團

　　在加入復中合唱團時，怎麼也想不到，它是個不被學校認可的地下組織。

　　就在我跟辛可加入合唱團而且開始練唱沒多久，便有同學熱心跑來警告我，不要去「那裡」練唱，但是團裡的學長姊對我們掛保證，這是個正派的組織，我的心裡充滿矛盾與疑惑，明明是個健康的社團活動，為什麼學校會禁止呢？

　　後來輾轉得知，當時的校長非常保守，不喜歡男女同學互動，或許復中合唱團在歷史上曾經觸犯了什麼，而遭到封殺的命運。

　　消息傳得很快，教官立刻對我採取行動，她約談我，問我為什麼要參加合唱團、去那裡的有誰、都有什麼樣的活動，並且要我寫下自白書。

　　這在當時的確是某種白色恐怖，教官對我的關切可以說是無所不在，她三不五時會捉我去教官室謄寫文件；雖然沒有再盤問團裡的事，但這樣的就近管束也對我產生某種嚇阻作用。最重要的是，她還通知了家父，所幸爸爸並沒有強迫我退團，非常感謝他的信任。

　　復中合唱團事實上是我的男女和聲合唱啟蒙，當時

我們唱的歌曲不脫「中國藝術歌曲」這種傳統路線，小品者如〈回憶〉、〈聞笛〉、〈人生如蜜〉、〈幸福在這裡〉，中品者有如〈在那銀色月光下〉，再龐大一點的就是〈遺忘〉了，這些曲子在後來的班際合唱比賽中皆是熱門之選。每次團練、團聚時，我們也愛唱〈願主賜福保護你〉做為結尾，優美而層次錯落的和聲總令我們感動不已。

　　有時，我們會在練完唱後，下山到姊妹冰果室吃冰，或是往前走一站，跳上駛往台北的公車（那多半是216、217、218），坐在最後一排忘情高歌。如果乘客稀少，整個車廂就像個天然的回音場，風從車窗外吹進來，

照片：我和老杜在合唱團。復中合唱團是我上高中後參加的第一個社團，因為是地下組織，練唱地點數度移動，包括真理堂、中和街、土匪窩……都曾留下我們的歌聲。
（老杜／提供）

再帶走我們的歌聲，我們的快樂是如此單純，不知天高地厚。感恩的是，從來就沒有乘客回頭責難我們太吵，中正高中的學生上車後也沒來「踢館」，簡直是世界和平。

高一時罰我寫自白書的教官，後來離開復中，她在最後一堂課感性告白，當眾提及我和合唱團的那段過去，說當時一直找我去教官室「出公差」，「也滿辛苦的」；又當場詢問我合唱團是否仍在運作，我不加思索地點點頭，她也沒再多說什麼。

我從未因為自己參加了復中合唱團而認定自己是叛逆的、不乖的、犯錯的；我所了解的這個社團，也沒有傳出任何不見容於世的不雅情事。事實上，2013 年，復中合唱團校友在台大附近舉辦了一次團聚，我們帶著歌譜，重新唱起團歌〈唱唱唱〉，以及許許多多代代相傳的曲子……學長姊與學弟妹都在社會上各個領域貢獻所長，沒有人作奸犯科；相反的，我們甚至不乏在音樂領域裡出類拔萃的優秀團員。

如果真有遺憾，那就是我從高一下學期就淡出了合唱團，僅只是不希望惹上麻煩，讓自己在學校裡可以好過些，但我卻無法免除自己的罪惡感——在某種程度上，我背叛了那群與我一樣熱愛音樂的團員；即使沒有人責怪我，我卻始終為此感到羞赧。畢竟，義氣是生而為人

某種不可或缺的正向特質吧！當時的我為什麼要輕易放棄呢？我經常思索著。

當年我們所唱的歌也形成了通關密語。在我們「復中30」的畢業紀念冊上，團員老杜簡單扼要地寫下「幸福在這裡」五個字，保谷則寫著「為了彩虹，強忍愁雨，為了重逢，強忍別離」——引用的是〈人生如蜜〉的歌詞。勇敢的男孩們用歌詞對校方傳達了無聲的抗議，卻也總結了復中合唱團帶給我們的快樂。

至今，我的書架上仍收藏著當年的歌譜，天藍色的團徽上，白色的五線譜和高音譜記號勾勒出流動的韻致。土匪們甚至還保有當時的團訊，上面寫著團練的時間地點，以及學長們的感性叮嚀，手寫溫度每每讓記憶躍然紙上。老杜還保有一張我跟他在山下真理堂練唱完拍的照片，那個夏天，我們兩個像兩隻瘦巴巴的小猴子，快樂地對著鏡頭笑……

至於復中合唱團到底為什麼會被學校禁止，畢業後三十年，我詢問了學長與教官，有的學長說，在那個保守的年代，校方認為合唱團的「男女關係複雜」；當年的一位教官則說，一切都是遵循校長的旨意。

在那個單純的年代，歌唱本該毫無禁忌，然而或許也是因為這個莫須有的禁忌，才會讓復中合唱團的記憶更加彌足珍貴吧！？

照片：高一參加合唱團踏青活動。（許斐莉／提供）

照片：2013 年合唱團團員大團圓，重逢練唱。（許斐莉／提供）

《幸福在這裡》

在那個十五歲的夏季
我們跳上 216 217 218
最後一排座位是我們的
所有迎風的窗子都為我們而開
我們在風裡舉辦演唱會
連司機也陶醉了
乘著歌聲的翅膀
我們從遙遠的山城
奔向全世界
但是你我的笑容告訴我
我的幸福在這裡
因為這裡有你

春燕啁啾小宇宙

　　如果閉上雙眼，還能清楚地畫出一張地圖；如果輪迴之後，來到這裡會覺得似曾相識，那必然是我們所深愛的大屯山城。

　　從山下的 216、217、218 公車站牌往山上走，那條小斜坡就是復興四路了，不知從何時開始，復中的學生們叫它「好漢坡」，因為它走來總令人氣喘吁吁，不是好漢走不上坡。男同學喜歡在校刊上畫漫畫開玩笑，說好漢坡總有兔子跳來跳去，因為每個女生都有蘿蔔腿。

　　我不在意爬坡時後面有沒有兔子，因為好漢坡一路都是好風景。我們從山下開始，經過兩旁熱鬧的傳統市場，經過好吃的豆干麵店、真理堂，快到學校時右手邊的岔路可以通往復中人最愛的「大陸麵店」。在這條岔路上抬頭望便是校長的家，它緊緊地守護著後方的女生宿舍和女生教室。若是通勤的學生，此時應可在校長家門前開始看見教官和糾察隊站崗，再走一小段，「台北市立復興高級中學」的石碑傲然挺立在校門口，那年代不流行華麗的雷射印刷招牌，瀟灑的行書拓刻在石板上，充滿書卷氣息。

　　從大門口拾階而上，繞過蔣公銅像小圓環和行政大

樓，往右就可以通往女生區；或是在大門口選擇走更靠
牆的平面小路，穿過科學館「勤學樓」也同樣進得了女
生區。男孩們必須向左走，穿越圖書館和教官室那棟大
樓，往更高的山坡爬，才能進入高聳的男生教室「復興
大樓」。復興大樓也是全校最霸氣的建築，一整排四層
樓的教室橫亙在山坡高處，那裡有女生班無法享有的絕
佳視野。

照片：學校後門。（取自復中 30 畢業紀念冊）

如果是春天，校園裡總是迴盪著燕兒的啁啾聲，牠們築巢在男生教室前方的中正堂屋簷下。中正堂是個低矮的古老禮堂，禮義廉恥四個字與國父、蔣公的照片懸掛其間。那個充滿教條的地方卻是我們揮灑青春活力之處，有時我們在裡面上體育課，一邊尖叫一邊跳馬；漂亮的舞蹈社女生在這裡練舞，國樂社則會在二樓的觀眾席練習著各樣的樂器。我進復中後參加的第一場慈善晚會，就是在這裡舉行。每年校慶，各社團精彩的展演必定在中正堂繽紛登場，高三那年復中驚動社會的「親頰事件」就是發生在這裡。

男生教室「復興大樓」後方自然是男生宿舍了。曾經聽聞有教官為了偷偷抓在宿舍打麻將的同學，入夜後在男宿圍牆上匍匐前進，一度被誤認是阿飄，傳為笑譚。被男宿和復興大樓包夾在中間的「實踐樓」則是女生上家政課跟英聽課（Lab）的地方，那每每得讓我們低頭穿過熱鬧喧囂、口哨聲不斷、充滿費洛蒙的可怕男生區，既尷尬又有趣。

在行政大樓往右轉，通往女生區的那條路叫「情人坡」，情人坡上有棵老榕樹，標記著男女生禁止交往的年代，男女生想要跨越楚河漢界的曖昧與思慕。

順坡而下，如果不想走情人坡，就得翻牆往下跳到石階上了，但我想沒有人這麼瘋狂。我們的操場像個迷

你谷地，邊坡就是石階，它像梯田般順著山城的坡度往下延伸到最低處的操場，每個深綠色的階梯都平滑美麗，那多數不是因為風蝕雨淋所致，而是已經被許多代復中人溫柔踩踏和安坐過。

那時，我們都愛坐在石階上看人——打籃球的、練跑步的、唱歌的、眉目傳情的、散步聊天的……在晨與昏，在大門口關門前，各路人馬雜沓其間。黃昏時，燕兒啁啾回巢，山城的天空染上暮色，我們總是戀著石階；在晚自習下課後，我們賴在石階上發呆看人，我愛跟阿Pia坐在那裡唱歌，聊聊我暗戀的男孩的近況。

高三下學期時，我結束了高三上學期短暫的外宿時光，再度搬回宿舍，心事重重的我，快樂不起來，在宿舍關門前，摯友的陪伴對我相當重要。就在那段期間，有一晚，我們發現有個男生在操場上跑了很久，天氣很冷，他穿得很少，跑了一圈又一圈，沒有停下來的意思。

我們揣測此男或許想要引起某人注意，但是天氣實在是太冷了，阿Pia忍不住對著操場大喊：「同學！求求你！不要再跑了！」阿Pia清亮的聲音在乾冷的空氣裡迴盪著，太清晰、太大聲、太尷尬了！我早已笑倒在石階上。

這件往事我們已忘得一乾二淨，卻被這男孩深刻地記住了！直到三十年後，我們在導師的LINE群組裡認

識了幾位男同學，其中一位竟然認出，阿 Pia 是當年呼喚他別再跑的 319 班女生！

　　或許因為他當時傾慕於班上某位女同學吧！對於319 班女生的動態便特別留意。他認出了 Pia，還告訴我，當時他立志考軍校，習慣在晚上長跑，是為了鍛練身體，卻也因此發現，「喜歡在石階上坐的有好幾群不同的女生」，而我跟 Pia 是當中一群。這樣的形容，很像科學家對非洲草原獅群的觀察，也很像英國動物行為學家珍古德（Jane Goodall）描述黑猩猩的行為表現。

　　他也注意到，我的個子小小的，「在學校，妳好像不曾獨來獨往，都有伴相隨……你好像是帶頭的，而不是跟班的，都是走在前面的那一個……」多像對黑猩猩的觀察啊！但其實我只是個怕寂寞、喜歡黏在我閨密旁邊、轉不成大人的傻乎乎女生。

　　我很詫異，原來在我們看人的同時，也被人看了。而記得當時渺小的我的，還會有誰呢？

　　即使是在三十年後的今天，只要輕輕閉上眼，我彷彿還能看見，隔著操場，司令台後方的「莊敬樓」裡，音樂如何從其間流瀉而出……順著操場跑道的圓弧畫一圈，就是我們散步的路線；跑道有多長，我們青春的煩憂與單純就有多長。我依稀記得石階凹凸不平的觸感，黃昏時白日的餘溫殘存在石塊上，溫柔地賜予我們宇宙

的能量。校慶時我們站在石階上嘶喊，為自己的選手加油；我們額際上綁的那條運動頭巾，是我們平時所不允許的裝飾，它讓青春正豔的我們增添幾許俏麗！

今日的山城樣貌雖然變化不大，但是老榕樹與石階都已經消失。我很難想像，沒有石階的復中，女孩們該在哪裡跟閨密抒發心事？我甚至不知道春燕是否依舊呢喃？雨季來臨時是否仍有白蟻大軍鋪天蓋地？

同學們說，有好幾齣偶像劇都在山城拍攝，我感到驕傲，但也深切明瞭，屬於我們的山城小宇宙是如此獨一無二、不可替代，它只存活在 1980 年代，我們的青春歲月中。

《復中清晨》
最喜歡清晨的餐廳
每個人都盯著眼前
對分不均的鹹蛋
等待一聲令下
先搶先贏

當早會的音樂響起
男孩們從山上衝下來
雷霆萬鈞 氣勢如虹
我們也快步跑下石階

太愛復中
以至於我連早操都懷念
穿著百褶裙的原地跳躍

《復中之夜》
當暮色變得深濃
啁啾的燕群忙著歸巢
晚自習就開始了
空氣裡飄散著女孩們
沐浴香潔後的味道
老師陪我們一起聽 Air Supply
有的男孩還留戀於操場邊
但我想見的身影不在那邊
隔壁班的女孩又在黑暗中唱起
守著陽光守著你
直到晚自習也結束
女孩們回到宿舍
星星變得更亮了
而我們的心事才要開始

觀音山

　　復興高中雖然不是明星學校，卻有著絕美的校園，鍾靈毓秀的山城之名絕非溢美之詞。我們被後方的大屯山深深擁抱，白天，藍天白雲似乎唾手可得，夜晚，我們以點點繁星為幕。那時的夏季不曾如此炎熱，我們連「氣候變遷」都不曾聽聞；即使在多雨的季節，也只需在外套裡塞件高領毛衣即可御寒，我們從不知羽絨衣為何物。

　　四時的變化讓我們熟悉大自然的韻致，與自然的貼近也給予了年少的心靈情感寄託；那些屬於年少的懷疑、迷惘、憂傷與夢想，都得以被深深了解。位處低度開發的城市邊緣，我們很幸運地在山城裡獨享世外桃源，沒有人不愛它。

　　因為山城太美，我們不需外求美景，那時不時興玩遊樂園，高中生其實也不需要學校辦遠足吃乖乖，就某種程度而言，能在鍾靈毓秀的環境裡安定成長，對於心性穩定的培養有其絕對必要。

　　唯一一次的例外，是到小坪頂山上打靶。那次是罕見的大遷徙，就像非洲動物在草原上的大範圍移動般，校方唯恐我們這些平日溫良恭儉讓的大孩子頓時成為飛

躍的羚羊，於是教官全體出動，領我們從學校出發，一路步行到復興崗參觀。那是一黨獨大的年代，我們依動線參觀了老蔣時代的種種歷史照片，覺得索然無味，後來到了靶場，我們興奮地學習如何使用槍枝，採取正確姿勢以免肩窩被子彈射出的後作力傷到……那趟小旅行充滿探險的興味，也是當年少有的課外教學。

多數時候，我們都安分地待在校園裡，特別是住宿生，山城就是我們的家，我們日日深深倚靠著大屯山的同時，又能遠眺觀音山的脫俗美景——有誰不愛觀音山呢？它就像母親般靜臥在淡水河口，守護著年少的我們。我們所喜愛的作家朱天心曾經形容，夜晚的觀音山，點點燈光讓她像個垂淚的女人，「若我是男子，絕對不讓她這樣流淚的」。多麼詩意！

我最愛觀音山的落日，從女生教室樓上的最邊間望去，觀音山坐收眼底，那時復興四路的建築都不高，我們很容易就可以坐擁天際那片燦爛的彩霞。我最喜歡在放學時憑欄欣賞落日餘暉，一面優閒地低頭看通勤生沿著好漢坡下山回家，此時若樂隊正好奏起〈愛之船〉，一切就太完美了！

在往後的歲月中，我對觀音山便有著無法言喻的深厚情感，原本是充滿神性的一座山，卻因為我們的情感投射而具備了某種人性。2012 年，李安推出電影《少年

Pi 的奇幻漂流》，許多人都覺得電影裡那座狐猴聚集的
食人島，創意原型就是觀音山，該片製片後來雖然聲明，
其原型是印度教的毗溼奴神，但那意象對台灣人來說實
在太鮮明了，很難讓人不聯想到觀音山。

在我自己的繪畫創作中也不只一次描繪它，我將它
變幻成天地洪荒之始的母親之山，躺臥在地平線上，雙
眼流下汩汩的慈悲之淚……更多時候，我只是下意識地
在紙上勾勒它的線條，彷彿只要這麼做，如母慈悲的觀
世音菩薩就會現身，聞聲救苦，體解眾生的種種磨難。

2008 年，我的工作地點轉移到關渡，從公司大樓西
側即可窺見觀音山的局部身影。三十年來，台北盆地過
度開發，就連以往的邊陲地帶──淡水、關渡、北投，
房價也翻了好幾倍。捷運拉近了北投和市區的距離，復
興高中的學子們上學不再像我們當年那般仰賴公車了，
時代在快速改變，有人發起為觀音山淨山的活動，復興
高中也轉型成藝術高中──學校有了新大樓，站在女生
教室已經不太容易看到觀音山全貌；當年同學們可以站
在情人坡上看國慶煙火，如今山腳下都是拔地而起的高
樓，山城的視野早已不可同日而語。

我們的年少時代已經過去了，種種意象鮮明、深植
腦海的美景也隨著我們的老去而走入歷史；唯有觀音山，
它是如此如如不動，以永恆的姿態笑看人間起落，愛恨

分合，人世間的如夢似幻，似乎它早已參透，全然了解，卻也莫可奈何……於是我相信，它必然早已知曉這一切，因為慈悲，因為不忍離棄，於是只能默默躺下，以永恆的姿態守護著年少的我們，以及垂老後回返舊地的我們。

　　少年見山是山，中年時，見到的到底是山，還是觀音呢？

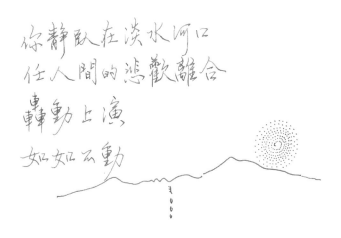

你靜臥在淡水河口
任人間的悲歡離合
轉動上演
如如不動

圖片：觀音山的意象一直出現在我的繪畫創作中。（許斐莉／提供）

黃昏的愛之船

　　山城的晨昏是最美的，每天清晨我們在鳥啼聲中醒來，燕子唧啾，而我總是惺忪著眼，慢半拍地趕上同學們的腳步，我永遠比別人慢一步——當同學們為了節省時間，就近在寢室裡背對著背換上制服，我可能才捧著臉盆刷牙回來；當所有的人已經走出女生宿舍，爬上情人坡往食堂而去，我可能還在寢室裡整理書包；當她們精神抖擻地結束早餐，返回教室展開早自習，我可能還在餐廳裡啃饅頭夾蛋……然而只有朝會我不會遲到，因為我喜歡在陽光下朝氣蓬勃地和所有人融合在一起，強烈感受自己是山城的一份子，更因為朝會的軍樂隊吹奏的音樂，實在太有朝氣了！

　　偌大的山城處處是天然音箱，操場就像個山谷，被石階、司令台、工藝教室所環抱，每天朝會，矮小的我只能在人群中找縫隙遠望司令台前的樂隊，我們跟隨著每一首樂曲進行當日議程——那不外乎是升旗、唱國歌，然後是漫長的校長致詞與種種行政布達，擔任司儀的女同學聲音煞是好聽，那讓朝會充滿魔幻，每一個大孩子將青春期無窮無盡的能量收攝片刻，安靜地、耐心地等待議程的結束。

49

　　女同學們最討厭的早操，卻是我的最愛，張開手臂，我們在一方小宇宙裡抬腳、彎腰、抬頭仰望藍天（而不用擔心得白內障），晨光中的空氣充滿青春氣息，讓穿著百褶裙的原地跳躍也元氣十足。當一切結束，樂隊便會吹起當時流行的西洋影集《愛之船》的主題曲，小喇叭和小鼓熱力四射，響徹雲霄，整座操場都是他們的共鳴箱，每個節拍都在說故事，而我們就在這樣的熱情旋律中慢慢拾階而上，跨越情人坡回到教室，迎接第一堂課的開始。

　　在那三年的復中時光裡，〈愛之船〉的旋律與我們晨昏相伴。每天傍晚，當遠處的觀音山頭染上落日餘暉，橘與紅大片灑向天際，小鼓、喇叭、黑管也會再度響起，每個樂器隨興地吹奏著音符與旋律，像交響樂團開演前各個樂手確認樂器般地各自表述，活力而精彩；而我們彼時可能正在背著書包走回宿舍，或是信步走到操場旁的石階，懶洋洋地坐著，享受著山城一天中最輕鬆、最美麗的時光。大片燕群啁啁啾啾地鳴叫著，飛回中正堂的屋簷下，沒有人趕著要去哪兒，而此時若夠幸運，樂手會極有默契地再吹一次〈愛之船〉。

　　黃昏的版本總是比清晨的版本放鬆許多，我可能跟阿Pia或貴肥坐在石階上，跟著旋律搖頭晃腦，待最後一個音符落下，好似演唱會的安可曲也結束，我們才會

心滿意足地離開。

　　有趣的是，當年我和阿 Pia 常常隨姑媽去音樂教室彈鋼琴，卻從來沒有想要越雷池一步，到樓下的軍樂隊看看鼓手、喇叭手是誰，如果他們知道有人在畢業後三十年還如此心心念念當年的〈愛之船〉，不知道是否願意重新號召樂手們回到山城舉辦演奏會？若果如此，我必然是第一個買票的人。

水邊的阿第麗娜——記姑媽

　　高一的第一堂音樂課，聲樂底子很棒的王嘉寶老師要全班跟著她發聲，她的歌聲渾厚嘹亮，坐在第一排的我仰望著她，打從心裡生出「仰之彌高」的崇拜。她帶領大家發聲，用柔軟的手示意我們控制音量，由大變小再慢慢結束，我們口中的「啊～」讓 124 教室充滿了振動的共鳴；王老師滿意地點點頭，說：「嗯，你們班有很棒的中低音共鳴。」我得意了，我本來低音就唱得不錯嘛！又坐在第一排，一定是我的關係。呵呵！

　　音樂老師接著進行全班音樂素養普查，她要學過鋼琴的人都站起來，一波波刷掉程度由低到高的學生。我也站了起來，但只彈到〈小奏鳴曲〉的我，很快就被刷掉，最後只剩下站在最後一排的「姑媽」氣定神閒地應答著，不論老師問她是否彈過哪一本琴譜，她都回答「彈過了」，或者是沉默地點點頭，似乎對即將到來的下一個問題胸有成竹。無庸置疑，她榮登本班的音樂女神寶座。

　　然而姑媽的音樂才華與魅力不只這樣。在那個年代，每個愛彈琴的女生都會抱著「理查克萊德門」的琴譜，低調卻驕傲地走在前往音樂教室的路上，在無人的午休

時刻或是最後一堂課結束時的黃昏掀開琴蓋，彈一首〈夢中的婚禮〉、〈愛的克莉斯汀〉或是〈水邊的阿第麗娜〉，但姑媽並不是，這種通俗類的鋼琴曲並不是她的主流，師大附中音樂班備取的她，本來就不該屬於我們這種普通高中。

　　沒有任何曲子可以難倒姑媽，有一次，我們穿越操場，到女生教室對面的才藝大樓，那裡的鋼琴教室是我高一時最愛去的地方。我和周 Pia 就像是姑媽的小跟班，三個人在音樂教室裡，我們看姑媽彈琴，一起唱歌，而那回，姑媽彈起了德布西的〈雨〉。

　　姑媽本來就是手長腳長，但是她的雙手在琴鍵上展現出一種我未曾見過的親密感，那是在專業音樂人身上才看得到的奇景，我曾經在我的鋼琴啟蒙老師身上看過——她的手掌大而厚，每根手指的指腹因為長時間紮實練習的關係，與琴鍵呈現出某種奇特的、親密的角度。姑媽的手就是那樣。只見她的一雙巧手在鋼琴上流暢地滑動，再現德布西想要傳達的雨中即景，黑白琴鍵在她的駕馭下猶如魔法上身，我第一次發出由衷的讚嘆！

　　然而就像被名家丟棄的油畫其實也是人間至寶，藝術家通常對於自己渾然天成的才華不以為意，姑媽也是這樣。三十年後我跟她提起當年的那首德布西，她也只是說：「喔！那首喔！我知道。」那樣地輕描淡寫。

　　姑媽也唱聲樂，她可以一頁一頁地翻過那本《中國藝術歌曲百曲集》，演唱一首又一首的藝術歌曲，例如，作曲家黃友棣先生充滿大時代兒女情懷的抗戰歌曲〈當晚霞滿天〉、〈遺忘〉、〈桐淚滴中秋〉……等，那些對青春期的孩子來說有點沉重、古典、大時代的音樂，對我來講都是全新的歌唱經驗，因為我們的生活是如此單純，世界之於我們，好似只是從針孔窺探出去般，那麼地幽微渺小。我和周 Pia 對她的崇拜可以說是無以復加。

　　我們的音樂老師教我們不到一學期便離開復興高中，為此，我相當傷心，後來還千方百計找到她家，跑到陌生的民生社區，請她聽聽我的聲音，給我一點建議。我一心想要發展音樂夢，報考音樂系，但是父親以學音樂太花錢為由拒絕了我，當時雖然失望，但長大後回想，或許父親早已看穿我沒耐性又好高騖遠的個性，學音樂必須下苦功，他必然知道我吃不了這種苦吧！但是姑媽不一樣，她的音樂成就來自於國中時的苦練，只是她很少對人說。

　　我跟姑媽的身高猶如七爺八爺，我苦守第一排，她在最後一排坐擁全班視野，原本的社交圈應該是南轅北轍，卻因為音樂將我們緊緊拉在一起。然而姑媽不但在音樂方面才華洋溢，她也頗有文采，高一時，她還寫了

一首〈高山娃娃〉的詩作為我的生日禮物；事實上，也有同學記得，姑媽以前會在課本上寫滿自己創作的新詩。

高一下學期，學校舉辦班際合唱比賽，姑媽盛名遠播，幾乎每個男生班都邀請她去擔任指揮或伴奏；我跟周 Pia 有時會跟去看她如何帶男生班，看到那些男生被唬得一愣一愣的，讓我更崇拜她了！那次的合唱比賽，姑媽成了風雲人物，她在男生班比賽時不斷上台指揮或伴奏，後來還得了最佳指揮獎，我到現在都還記得，她高大的身影在台上指揮時有多霸氣，還有當評審宣布她獲獎時，她是如何地從座位上跳起來，面向大眾不停地跳躍，全場掌聲久久不退，因為她真的值得。

升高二前，學校甄選音樂班成員，新的音樂老師挑選了幾位同學一起甄試，我唱得糟透了，因為緊張，聲音不斷地發抖，得知落選時，傷心地躲起來嚎啕大哭。姑媽當然被分配到音樂班，後來每當我看見音樂班在練唱，總是悵然若失。

儘管如此，跟著姑媽享受音樂的日子仍是興味盎然的。姑媽後來跑去國樂社學大提琴，也是同樣得心應手。當時校園裡還有一位音樂方面的風雲人物，人喚「老 K」，瘦瘦高高的，常常帶著他的伸縮喇叭出現在音樂教室，身邊則有位氣質非凡的學姊為他伴奏。姑媽

55

和老 K 就好像《傲慢與偏見》裡的伊莉莎白‧班奈特（Elizabeth Bennet）和達西先生（Mr. Darcy），他們互相欣賞卻又驕傲地不主動向對方攀談，每當「兩軍人馬」出現時，空氣中便洋溢著詭譎的沉默氣氛，互視對方卻又刻意不語；有時若是隔著操場看見老 K 和他的女伴，我和周 Pia 就會互相交換眼神，然後通報姑媽「是他們！」然而姑媽往往只是霸氣地「喔！」一聲，楚河漢界未曾跨越。

升高三後，姑媽不知何故，鮮少出現在我們的生活圈中。當我們在三十年後問起她，她也只是輕描淡寫地說，她的高三很睏，「都在睡覺」。

我一直以為姑媽會走上古典音樂之路，令人詫異的是，她選擇向通俗音樂靠攏，從大學開始就在 Piano bar 打工，而且做得有聲有色，甚至有唱片界想推她到幕前，但她拒絕了。畢業後我到聯合報上班，當時在中時報系工作的周 Pia 打聽到姑媽在哪兒演出，我們便在某夜偷偷跑去姑媽工作的那家西餐廳。我們坐在台下用餐，聽姑媽華麗地彈唱當時最流行的歌曲，一首接一首；直到我忍不住對她揮揮手，只見姑媽停下她的魔法手指，將手舉到額前遮一遮舞台上的強光，定睛一看，淡定地說：「是許斐莉喔？」我跟周 Pia 便大笑起來，就跟高中時一樣。

　　姑媽一直以彈唱維生，當然一樣沒有任何曲子可以難倒她。就算是再庸俗的流行歌曲，經過她的編曲，也變得脫俗悅耳。可惜的是，每當我們聚會，已經無法像高中時那樣盡情聽她彈琴了。她總是說，不想在非上班時間彈琴，「很累！」有時甚至會打趣道，「聽我彈琴要花錢耶！」

　　至於老 K，已經沒有他的消息，我跟周 Pia 曾經試著 Google 他，只查到一筆他曾經在國家音樂廳演出的資訊，一樣是表演伸縮喇叭。看來他仍然堅守古典音樂之路；至於是否曾經真的和他的伴奏陷入情網，恐怕永遠都是謎了。

　　然而對我來說，十五歲時在山城追求音樂的夢想，依然歷歷在目，我不用閉起雙眼，就可以看見十五歲的我和周 Pia 站在鋼琴旁，看姑媽靈活的手指在琴鍵上施展魔法。姑媽的音樂才華是如此耀眼，讓我們的高中生涯充滿樂趣。

　　而理查克萊德門呢？我從未在他來台演出時前去朝聖，網路上流傳的影片裡，他的金髮也逐漸稀疏了——我們都已年屆半百，當年的鋼琴王子怎能不老呢？我的那本由「全音樂譜」出版的《理查克萊德門精選鋼琴暢銷曲集》保存了三十年，後來遺失了，雖然幸運地再買回，但總覺得新譜沒有舊時光的印記，如同靈魂失去了

記憶，我也懶得再摸了……所幸我心目中的「阿第麗娜」
依然霸氣鮮活，她改了名，創作了好幾首流行歌曲，被
當紅歌手收錄在專輯裡，她當然也已經不再彈理查克萊
德門或德布西了。

　　姑媽已經走出了她自己的路，謹此祝願我們的音樂
女神可以「活到老，彈到老」，永遠讓我崇拜。

照片：高一時的合唱比賽，姑媽帶領我們唱〈思我故鄉〉，她也拿
下最佳指揮獎。（許斐莉／提供）

《姑媽的德布西》

有一種青春的華麗
只屬於姑媽的音樂教室
隨便動2手指
便有唯我獨尊的音樂
霸氣流瀉

誰的德布西能如此
行雲流水

誰的中國藝術歌曲能這麼
百轉千迴
讓我們的青春充滿
早熟的憂愁韻致

女宿（一）　五湖四海來結緣

　　國二時我們舉家搬遷到內湖，當時的內湖極為偏遠，交通也不發達，只有少數幾路公車沿著主幹道內湖路而行，而我家在遙遠的金龍寺山腳旁，只有公車247、267可抵達；考上復興高中後，考量內湖到學校的單程交通可能就得花上兩小時，父親便安排我住校。

　　女生宿舍對我來說簡直是天堂！我是家中唯一的女孩，又是老么，從小比較沒有同性的玩伴，從家裡的「男生宿舍」搬出來，加入「女人國」，可說是大解放了！當時年紀小，我們沒有能力旅行，但是命運卻把一群有緣的同學從台灣好多角落帶到山城來，世界就此在我們眼前展開。

　　我到現在還記得，我是多麼地喜愛校園生活。從情人坡順坡而下，素樸的女生宿舍用它灰撲撲又怯生生的綠樣子，低調地座落在校園的最低處。我的第一間寢室位在四樓的邊間，樓梯走上去，右手邊唯一的那間即是。我很喜歡站在門口的窗邊看操場上的人在幹嘛，而寢室的另一端，面向校外的牆幾乎挖了一半開成窗，站在大大的窗前看復中學生在女宿的牆外行走，總讓我深深感受到存在的喜悅。這間寢室所營造而出的意象實在太鮮

照片：我在宿舍寫書法。
（許斐莉／提供）

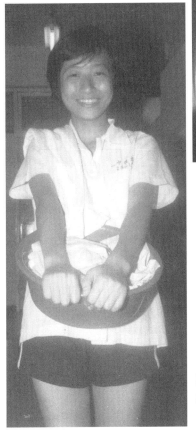

照片：從家裡的「男生宿舍」搬出
來，我很享受都是女生的住宿生活。
（許斐莉／提供）

明了，以至於畢業後多年，它依然時常出現在我夢中。

　　每間寢室都住滿八名同年級的女孩，用木板簡單搭建的上下舖、書桌、書架和小衣櫃就是我們簡單的家具；我們把臉盆塞在床下的地板上，把毛巾晾在床板上釘的簡單橫條上，一切簡單得好似隨時可以拿了書包反攻大陸。

　　在簡樸規律的生活中，唯有濃濃的人情味讓我們的住宿生活充滿興味。以我們這間寢室來說，為了增加親切感，我們每個人很快就有了綽號，建構出屬於我們的獨特家譜。例如，我是「許婆」，因為我笑起來有很明顯的魚尾紋；輩份與我相同的是同住內湖的「姥姥」、雲林來的純樸文靜女孩「周媽」，還有知性冷靜的「關姨」。往下一輩是老氣橫秋的姊姊「老小姐」，還有歌聲非常優美、年紀最小的妹妹「趙娃」，以及很會唱國劇的弟弟「小黑炭」。老小姐的國中同學「陳寶」是無法冠上輩份的漂亮寶貝，我們用台語喚她 Tan Bao。

　　家庭稱謂也延伸到其他寢室的同學，本寢室沒有爸爸，因為「老爹」倪寶在其他寢室，而哥哥「周哥」也在別間寢室。我們以校為家，就在宿舍裡結交五湖四海，同學們的綽號也變得百無禁忌——桃園來的外省第二代同學「狼人」，因為半夜睡覺會跑去摸室友的臉而得名；擁有動物類綽號的同學還有小雞、小羊、大牛、潘貓……

等，我不知道小雞為什麼會被冠上雞字輩，她自己也搞不清楚，三十年後大家對她的印象是她總是在打瞌睡，經常呈現糊里糊塗寤寐狀。小羊溫柔可人，中分直髮柔順地貼在臉龐，講話也像羊咩咩一樣輕聲細語。至於桃園來的大牛真的只是因為骨架子大而得名，她總是好脾氣地開口笑，看起來沒有什麼煩惱。驚人的是，三十年後再重逢時，小雞和大牛都變得好有女人味，歲月真的是令人驚奇的化妝師。

　　卡通類的綽號則有小威，取自我們童年時的熱門卡通「北海小英雄」，小威也當過我們的班長，瘦而高，父親是明星高中的英文老師，她的英文也相當好，一直很有領導者的魅力，說話簡單明瞭絕不囉唆。印象很深的是，高一時我們班導涂萍老師被選為師大實習老師的觀摩對象，老師特別安排了一堂課，全程用英語授課，並且穿插幾個提問時間，要同學也用英語回答。我很榮幸地是其中一位，小威也是。我清楚地記得，老師要她上台畫出「閣樓」（attic）在一間屋子的什麼位置，小威上台一面畫一面用漂亮的英語解說，當下真是讓咱們師生都覺得很有面子！她後來嫁到美國。

　　漫畫類的綽號只有「阿賽斯」一人，當時熱門的法國漫畫「淘氣的尼古拉」（Le Petit Nicolas）裡，阿賽斯（Alceste）是尼古拉的好朋友，有點肥胖，總是在吃東

西，是我最喜歡的人物角色。但是我們班的阿賽斯又高又瘦，自律甚嚴，我們只是因為她的鼻子又大又挺而私下這樣稱呼她，當時她並不知情。

班上的外縣市幫總是受到矚目，例如台東來的四位美少女——尼姑、洪猴、大頭、潘貓。尼姑和洪猴的綽號是國中時男同學取的，一路沿用到高中，但其實尼姑一點也不像比丘尼，她膽大包天，勇於嘗試各種事物，甚至還敢在路邊攔便車，她總像個領頭羊，拉著同學到處跑，她自己也參加很多校內外活動，四海交遊，非常懂得生活。尼姑後來嫁回台東，在故鄉打造了世外桃源。

猴兒也是我們班的美少女，眼睛大而圓，白淨瘦高，總是傻傻地笑著，非常可愛，自然迷倒不少情竇初開的復中少男。大頭則是人如其名，一頭自然捲襯著甜美的笑容、圓圓的眼睛，好脾氣地令人疼愛，我一直覺得她應該叫「小甜甜」，怎會變成「大頭」的？令人費解。至於潘貓，或許是因為鼻子小巧可愛、聲音細小而得名，她很會讀書，大學畢業後也遠赴美國發展。

班上還有一對不可不提的稀世珍寶——凱蒂（唐明皇）與愛莉絲（楊貴妃）。他們的組合充滿戲劇效果，因為凱蒂跟我一樣坐在第一排，又比我瘦，高高的額頭頂著一頭自然捲，加上一副當時流行的大眼鏡，頗有幾分老學究的興味。至於愛莉絲為何被冠上「貴妃」的稱

號，據說是因為她某日倚門吃蘋果，慵懶的模樣被路過的陳寶大嘆：「好像楊貴妃！」此後貴妃之名不脛而走。其實貴妃並不胖，但因為說話輕聲細語又容易羞紅臉，舉手投足盡顯富貴之氣，後來就被我叫偏成「貴肥」了。

凱蒂是咱班上的國文小老師，個性冷靜沉穩，偏偏跟苗栗來的客家姑娘貴妃結下夙世因緣，當時不論在班上或是宿舍，都可以看見平時沉默冷靜的凱蒂突然戲劇化地縱聲呼喚：「愛妃！」拖得長長的顫抖尾音好似就要驚天地泣鬼神了；斯情斯景，每每令人捧腹。這對愛侶在畢業後都念了中文系，也都當了國文老師。

客家幫除了貴妃之外，還有儀隊成員「劉警察」，只因她總是挺直著背脊，謹守本分地做該做的事，有時看起來有點嚴肅；後來學校舉辦軍歌比賽，劉警察擔任本班指揮，她剛正不阿的形象的確頗具威嚴，不過也成為同學們搞笑的對象。話說那時，住校生流行互相剪頭髮，報紙對摺中間挖個洞，直接套在肩膀上就可以剪了，周 Pia 就這樣幫我剪過。但是有一回，有人故意捉弄劉警察，趁她睡覺時偷偷剪了她的瀏海！她睡醒時青天霹靂，大家笑得東倒西歪。事隔三十年，眾人一至認為尼姑、周 Pia、狼人可能是嫌疑犯，但至今沒人敢承認曾經對劉警察下毒手。

客家同學還有「苦瓜」，她是個充滿哲思的女子，

因經常眉頭深鎖而得了「苦瓜」這稱號。其實苦瓜是古埃及文明專家，學究來著，她的外型像是加長版的日本娃娃，頭圓圓的、身體瘦瘦的，非常可愛。三十年後同學們重聚，一致認為此後應改叫「甜瓜」，人生才會倒吃甘蔗。

當然也有同學沒有綽號，例如子弘、囡囡、小妤……這些美少女，不知何故缺少了被起綽號的機會。子弘家學淵源，飽讀詩書又會彈鋼琴，還入選為舞蹈社的成員。曾有男同學拜倒石榴裙下，鼓起勇氣寫傾慕的卡片給她。但子弘其實並不像她的外表那般柔弱，她充滿奔放的靈魂，有著永不被輕易說服的勇氣，在體制下做著小而頑強的抵抗，例如，她曾經拒絕參加例行的跑步，為此還驚動了導師；她也曾經在考卷上向國文老師抗議考題超出範圍，讓這位老師願意將該次小考不記分；她甚至在宿舍衛生檢查時把垃圾桶藏到退宿同學的衣櫃裡……。這些小叛逆其實突顯的是子弘敏銳的觀察力和不隨俗的勇氣，這些特質都在日後將她帶向記者之路，與我成為同業。

囡囡在高二時與我同寢室，她的形象一直都很甜美，俏麗的短髮因為自然捲而有了漂亮的大波浪層次，就好像當年的玉女歌手楊林剪短頭髮的感覺。囡囡也很愛漂亮，她的百褶裙短得恰到好處，露出細長的小腿，讓她

更顯俏麗。我們很喜歡私底下笑她的愛漂亮，因為她經常在進出宿舍時，停在門口的落地鏡子前顧影自憐。一回，她收假回宿舍，在門口跌了一跤，哭得呼天搶地，我和室友正巧在窗邊看見，趕忙衝下樓營救，以為她跌斷了骨頭，沒想到她傷心地告訴我們，這一摔會讓膝蓋長疤，「以後就不能穿裙子了！」氣壞了我們。

囡囡很少不開心，總是愉悅地生活著，端坐在案前照鏡子梳頭髮，或是開心地閱讀他校男孩寫來的情書，偶爾會忍不住唸個幾句給我們聽，笑得合不攏嘴，對於自己的備受傾慕感到受寵若驚。當時寢室裡有一隻小烏龜，被她安靜地養在傾斜的臉盆裡，架在床上。在寢室養烏龜是一件很奇妙的事，對一群活力旺盛的青春期女孩來說，真的不知道該怎麼跟一隻冷血動物相處；有時我會趁她不注意時欺負小烏龜，走過去點一下牠的頭，害牠嚇得縮進殼裡。神經很大條的囡囡從來不知道我這壞心眼的同學做了這種事，她繼續活在她充滿粉紅色泡泡的美好世界裡……直到三十年後，我才跟囡囡懺悔，當初如何對她的小烏龜下毒手，囡囡果然不以為意，因為她早已嫁給了寫情書給她的那個男孩，然後在台北市區開了一家非常適合她的花店。

那時，復中是許多優秀同學聯考失常後韜光養晦、再拚三年之處，小妤也是。她生得極美，國中時就是個

舞者，漂亮五官和穠纖合度的娉婷身材，讓人很難不注意她。但小妤非常低調，在教官的鼓吹下她選擇去儀隊而不再跳舞，她總是將光環推向他人，因此高一時只做了一學期班長變謙讓了。

我們的高中生活，在寢室與教室生活的緊密互動裡，因為同學們不同的背景而擦出繽紛的火花。在大屯山城開闊的環境裡成長，我們這些少女也漸漸甩開國中時被壓得透不過氣來的抑鬱心情，終於可以勇敢展翅向陽，在山城的小宇宙裡安心成長。

照片：女宿（左）與女生教室前的石階。（取自復中 30 畢業紀念冊）

68

女宿（二） 第一間寢室

　　如果要嚴格來說，與我產生第一個連結的高中同學，其實是「姥姥」。

　　猶記得開學的前一晚，我在我家附近到處找人幫忙繡學號，對於總是習慣把事情拖到最後一刻才急就章的我，家人早已置之不理，於是才滿十五歲沒多久的我，就這樣一個人在社區的街頭上，像個瘋子似地到處問人，哪裡有在繡學號。

　　等我找到那位裁縫時，已是華燈初上的晚餐時間。我看見裁縫頭也不抬地專注在縫紉機跳躍的針頭上，正在繡一位復興高中高一生的學號。我嚇了一跳，原來有同學住在附近！而一旁笑吟吟的外省伯伯親切地跟我說，那是為女兒明天開學趕來繡的。

　　眼前的這位伯父，寵溺地為愛女解決開學前一晚得準備的最重要的一件事。我心想，是哪位同學如此幸運？直到我住進宿舍，跟姥姥談起，才豁然開朗。

　　相較於我的營養不良轉不成大人，姥姥在高一時就出落得很成熟了！她甚至送給我一張她小學四年級時端坐在自家庭院的照片，略帶得意地跟我說：「我小學四年級就長這樣了！」那真令當時的我羨慕。

姥姥非常安靜，她近視卻不常戴眼鏡，是以總是雙眼迷茫地，像是漫步在雲端似的，用一種神遊的姿態走路，非得等到快撞到人了，在她眼前輕喚她一聲：「姥姥！」她才會豁然開朗，好像眼前的那片迷霧瞬間消失了，然後露出和她父親一樣的親切笑容說：「喔！許婆啊！」

姥姥的個性相當獨立，不像多數同學老愛跟閨密黏在一起行動，她即使獨來獨往也是氣定神閒的。有時，她會在寢室裡一邊啃蘋果，一邊即興地幫忘情歌唱的我合音——我總是訝異於她的音感怎麼那麼好，而她也只是淡淡地微笑說，那是因為從小就喜歡在家裡跟哥哥一起合音罷了。

姥姥的淡定絲毫沒有影響我，在我瘋瘋癲癲、哭哭笑笑的高中三年，她也頂多只是好心地拍拍我，提醒我情緒起伏不要太大、要注意功課云云。多數時候，她是個安靜的、好脾氣的傾聽者與哲思者。

高一上學期的室友中，我覺得最有魅力的是陳寶，她有一頭烏黑濃密的秀髮，始終面帶笑容，呵呵笑時瞇起的雙眼會發亮。印象中她有不少愛慕者，有的似乎是延伸自她的國中時期，但陳寶很神祕，從不多說。她的人生也很精彩，入社會後原本擔任公職的她，後來嫁給澳洲人，老公從事刺青行業，但她從不刺青。

陳寶的國中同學是「老小姐」，正因為她經常老氣橫秋地感慨人生，而有了此綽號。她有日本人血統，鵝蛋臉，五官典雅，但笑起來會變得很誇張，古典味盡失。老小姐有一種與生俱來的天真特質，會突然間「啦啦啦」唱起歌來，如小白兔般蹬個兩三步，那種沒來由的天真感，總讓我生起無名火，我很喜歡惡毒地捉弄她，常常笑她脖子長長的，走路像企鵝，她每每非常生氣，會用她的蛾眉杏眼瞪我，一面梳著她剛沐浴香潔出來的烏黑秀髮。

關姨應該是同寢室中最成熟的了，她的皮膚白皙，戴著一副細邊眼鏡，細細頭髮因為自然捲而蓬蓬的。她具備了某種理性冷靜的特質，是我所望塵莫及的。我們後來在高二時代表不同班級參加演講比賽，講題跟三民主義有關，不知道為什麼，同學竟然推選成績普通的我參加（八成是因為所有的人都在忙讀書，沒人在意這種無聊的比賽吧？）。總之，就連導師也沒意見，導師要班上功課很好的阿賽斯寫了洋洋灑灑至少兩千字的講稿，要我背起來，那簡直是要我的命！比賽那天，我在講台上背稿，背到一半想不起來，就一直盯著窗外發楞，直到時間到的鈴聲響起。

那場比賽大家都很慘，但關姨上台後簡直是令人讚歎！她在接近終場時明顯地跟所有人一樣忘了講稿內

容，在停頓片刻後，立即展現了臨危不亂的氣勢，像是一把推開眼前的那張透明稿子般，用堅定的手勢說：「總之，我們就是要用三民主義統一中國！」在鈴聲響起前，她不斷地強調這個中心思想，那種化危機為轉機的應變能力實在是太厲害了！後來，她果真抱了大獎回家，而我這個傻妞當然又辜負了全班的期望，因為我說不出「我們要用三民主義統一中國」這樣的話，我也沒有闊姨敏銳的臨場反應。甘拜下風！

坐我旁邊的小黑炭，一開始時我們感情最好，她有一雙非常大的眼睛，睫毛像駱駝的一樣那麼長，皮膚很黑，嗓子很啞，但非常會唱國劇。剛住校時，我常常央求她唱《紅樓夢》，當她學林黛玉唱起「儂今葬花人笑痴，他日葬儂知是誰？一朝春盡紅顏老，花落人亡兩不知！」實在是太優美了！我也因此生起閱讀《紅樓夢》的興趣。

小黑炭也曾跟我一起參加合唱團，我們到劍潭青年活動中心參加迎新活動，傻裡傻氣的我不會打扮，只好跟堂姊借了一套連身寬版褲，走起路來像一根竹竿吊在小丑裝上。還記得小黑炭一看到我就笑個不停，後來回到宿舍，當晚她幫我寫日記（那陣子我們要好到日記是由我口述她筆記），寫到我「如何懷著忐忑的心情來到劍潭活動中心，因為有帥學長在，沒想到被小黑炭笑」

時：小黑炭忍不住在日記裡加上一段她的主述：「因為妳穿這樣，實在是又難看、又菜、又土、又好笑！」真是快把我給氣死了。

我和小黑炭就好像兩隻麻雀，常常嘰嘰喳喳聊個不停，多半是聊合唱團裡的事，比方說，那個阿財學長每次都從學校前一站騎腳踏車過來，「但是他的腳為什麼要張那麼開呢？好滑稽啊！哈哈哈！」這種十五歲女生會覺得好笑的無聊事。

有一個週末，我留宿未回家，跟小黑炭一起玩起交換穿對方衣服的遊戲，我們就像姊妹一樣，穿著彼此的衣服走到山下散步，再爬好漢坡回學校。就在快到校門口時，父親竟然開著車出現在我們面前——他大概想知道週末不回家的我在搞什麼名堂吧！當他看到我穿著一條大紅色的短裙，竟然勃然大怒！事後他責怪我有失女性端莊之儀，天知道我渾然不知錯在哪裡，我只是很渴望能有一個情同姊妹的朋友，填補我成長過程中沒有同性手足的遺憾。

就像我後來選擇淡出合唱團一樣，我漸漸地也遠離了小黑炭。或許這是我個性中懦弱的一面吧！如果當初我有勇氣向父親說明，我的舉動不是缺乏禮數，而是在享受有姊妹的感覺，或許就可以保有跟小黑炭之間的友誼吧！遺憾的是，我連據理力爭的勇氣也沒有。

全寢室裡最安靜的兩個人，一個是周媽，另一個是年紀最小的趙娃。手長腳長的趙娃長得相當清麗，歌聲也非常優美，常常坐在座位上忘情地歌唱。她有一種與生俱來的甜美特質，音質音色都帶著渾然天成的厚度和共鳴，我們常常在她唱歌時安靜地欣賞，真的是人生一大享受。當時，她若有煩惱，也是跟音樂有關——她想走正統音樂之路，但似乎客觀條件並不允許，我能了解她的煩憂，因為她比我更具天賦。不知何

照片：趙娃的年紀最小，最具音樂才華。（許斐莉／提供）

故，趙娃後來不再提音樂的事，不曉得是不是她個性中的乖巧特質讓她很快就隱藏了這個夢想？

對於周媽，我的回憶裡盡是歉疚，她來自南部的務農家庭，能到北部讀書，想必承擔不少來自家庭的厚望。她總是安靜地讀書，自律極高，不像我這樣，對世界充滿好奇與不安。相較於她，我像是在浪擲光陰，整日無所事事。

高一的第一間寢室，充滿了愉快的回憶，對於急著想要尋找歸屬感的我來說，宿舍的熱鬧非凡讓我有安全感，我喜歡群體生活，什麼事都在一起的生活方式讓我可以暫時遠離與生俱來的孤寂感。有時，僅只是站在窗

邊，看著復中生從宿舍的籬笆前走過，或是拎著臉盆到浴室洗衣服，都會有一種莫名的充實感，那種時時刻刻都在享受生命的紮實感，在人生中確實難以得見。

　　我想，這一切都是因為我很早就感知了人生的虛無吧！只是當時年紀小，還不懂得探究人生的實相和宇宙的真理，於是便抓住了眼前的一切，而幸運的是，它正好是如此豐美且遠離危險；天生如此愚笨的我，在成長過程中總是缺乏現實感，總是比別人慢半拍去做該做的事，能在這樣的情況下順利長大，這一切都是朋友與師長們所賜予的恩典啊！

照片：高中三年不論怎樣換寢室，都可以跟室友們愉快相處。這一切都是因為大家的單純無偽。（許斐莉／提供）

女宿（三） 宿舍有鬼

　　周 Pia（ㄆㄧㄚˇ）是我從高一就認識的好朋友，開學第一天，在 124 班的教室裡，導師涂萍老師忙著選出班級幹部；在挑選學藝股長時，她問：「有誰在國中時當過學藝股長？」

　　不知何故，全班只有我和周 Pia 舉手，於是老師要我們在黑板上寫上自己的名字，看誰寫得比較漂亮；只見阿 Pia 俐落地上台，拿起粉筆在黑板上寫出大大的三個字，大氣而靈活，令人印象深刻。換我上台後，我非常英雄氣短地胡亂寫了一下（唉！我名字超難寫的！），老師很明快地決定：周 Pia 當學藝股長，我當副股長。

　　我們很快就熟起來，有時會一起送作業簿到教師休息室。教師休息室位在遙遠的山上，男生教室的一樓，當時的男生很流行站在走廊上往樓下看，只要有女生走上坡來就會開始鬼吼鬼叫，這往往讓上山的那條路充滿尷尬，所幸我跟周 Pia 可以互相作伴。

　　Pia（ㄆㄧㄚˇ）的意思是河南話的哥哥。當時班上的住校生流行取家庭成員的綽號，Pia 因為不愛穿裙子，個性較帥氣而有了「周哥」這個綽號。班上同學「姥姥」正好是河南人，她說河南人皆喚兄長「Pia（ㄆㄧㄚˇ）」，

十五歲的夏天

例如大哥叫「大 Pia」，二哥叫「二 Pia」，因此周哥很自然地就「進化」成「周 Pia」了。

我跟周 Pia 很常混在一起，特別在高一時，因為她不愛穿裙子，有一陣子我也跟著愛穿牛仔褲，還覺得女生穿胸罩很噁心。我們會跟姑媽一起去音樂教室，很快地她也認識了辛可和合唱團的成員，我們的個性都爽朗，笑點也都差不多，加上又都住校，很自然就成為莫逆之交。我們會在晚自習的空檔去操場的石階坐，一邊看星星吹涼風，一邊唱著我們喜愛的歌曲；我們也會一起去找校狗小癩皮玩，有一回還因為小癩皮生小狗，我們跑去看小狗，錯過了回宿舍的時間被教官罵；我到現在都還記得，教官知道我們跑去找小狗玩時，又好氣又好笑的表情。

年少的我很多時候不懂得害怕，跟著人瞎鬧瞎鬧，但是女生宿舍頂樓的曬衣場是我卻步之處，那裡的燈光昏暗，掛著的衣服若不是隨風晃來晃去，就是掉在地上沒人撿，整個曬衣場還用紗門圈起來，形成一種詭異的氛圍；最恐怖的是，總是有幾件舊舊的白色制服在那裡晃呀晃的，像是無主孤魂。曬衣場很自然地就出現了鬧鬼的傳聞，而有一天，周 Pia 跟我竟然膽大包天，策畫了一場驚天動地的「鬧鬼」惡作劇。

我的寢室在邊間，如果從頂樓垂降一件衣服到窗邊，

只需要兩三支衣架就辦得到。於是我跟周 Pia 說好，在晚自習結束之後，眾人洗完澡回到寢室讀書時，周 Pia 會把無主白衣垂降下來窗邊嚇大家。

算準了時間，我爬上上鋪，準備當第一個看到「鬼」的人。當那件衣服垂降在窗前晃啊晃，我立刻假裝看到什麼似地叫了起來，室友們也同步看見了「鬼」在窗邊飄，她們不但在第一時間大聲尖叫，而且立刻逃離座位。

「我看到白色的東西在那邊飄！」跑到門口旁的室友們嚇得魂都沒了。而我，坐在床鋪上無可控制地狂笑了起來，跟嚇成一團的室友說：「快回來啦！那是假的啦！」為什麼是假的？室友們質問我，我於是全盤托出始末。我當然被鬆了一大口氣的室友們罵得半死，周媽尤其生氣，「婆婆妳怎麼這麼壞！我快被妳們嚇死了！真的快嚇死了！」她打破了平時的沉默，一直不停地責罵我。

我們的驚聲尖叫驚動了當晚在宿舍值班的教官，她發揮辦案精神，跑到曬衣場搜集可能的蛛絲馬跡，等她再度出現時，手上已經拿到了「證物」，她一面晃動著衣架，一面安撫大家，並沒有鬼，「這個人也不怎麼高明啦！她只是用衣架綁住衣服，故意嚇唬妳們的啦！」我在上鋪開始驚慌失措，心想大事不妙了，萬一教官要開始抓人，該怎麼辦？這可不是「去看小癩皮」的等級

可以解決的……此時，憤怒的周媽依然驚魂未定，抬起頭來瞪著我，一手按住自己急促呼吸的胸膛，整張臉非常蒼白，好像在克制自己不要將真相說出，那麼地痛苦。

教官查覺了異樣，將手搭在周媽的肩膀上關心她，「這位同學，妳為什麼一直在看上面那位同學呢？」平時非常嚴肅的教官在此時卻異常地溫柔，而周媽只是瞪著我，氣到說不出話來。在那樣的沉默中，我極有可能面臨被退學的命運。

這場鬧劇很快就落幕，室友們沒有舉報我，周媽氣了我很久，我跟周 Pia 沒想到事情會鬧那麼大，當然也收斂了一陣子。至於動手裝鬼的人是誰，沒有人再追究，周 Pia 也全身而退。

周 Pia 和我都屬於小聰明型的學生（她的等級應是勝我一籌），在大學聯考前那個暑假，我和阿毛一起到周 Pia 苗栗家衝刺。周家父母非常盡心地照顧著我們的生活起居，不但書房裡冷氣大開，冰箱裡還有大瓶裝鮮奶供我們隨時暢飲（那在當時是多麼奢華的享受啊！）；三餐不但豐盛，周爸還會出門買小吃來款待我們。周家的社區都是獨棟有庭院的房子，扶疏枝葉從低矮的圍牆裡探出來，寧靜而優美。我們黃昏時就會到社區裡騎單車，曬曬昏黃的太陽，一切真是無限靜好。

而印象最深的莫過於周家的客廳，靠窗的位置擺了

79

一架鋼琴，被一個木製講台高高托起，像個小舞台；周
Pia 說，那是她父母刻意營造的小演奏廳，好讓她們姊妹
習慣未來登台表演或比賽時的感覺。周家父母栽培子女
的用心可見一斑。

周 Pia 的大姊特質讓她具備某種王者氣質，在我高
中三年為情所苦時，她一直是我堅實的依靠。我的日記
裡寫著，高三時我因為受不了單相思之苦，心情十分低
落，一回她氣得跟我說：「走！我們去把豆子（我揀
的相思豆）拿去給他，從此以後就不要再連絡了好不
好？！」就像大姊照顧妹妹那般的呵護，但她其實年紀
比我小。

大學畢業後，我們不約而同進入報界工作，迄今都
還保持著密切連繫，當年她送我的日記本，也還收藏在
我的書櫃中。從十五歲結識至今，還是高一時那場「聯
手犯罪」最令我難忘，我到現在還記得，如何和周 Pia
在曬衣場精心策畫那個惡作劇，我們蹲在「無主白衣」
堆裡試綁恐怖白衣，然後頑劣地狂笑。這種「把自己的
快樂建築在別人的痛苦上」的無聊事，也只有在十五歲
時跟周 Pia 做得出來。

然而更有趣的是，畢業後三十年與高中同學重逢，
才知道好多同學都曾經到頂樓睡覺過，她們徹夜看星
星，聊聊睡睡，直到朝陽叫醒她們，絲毫不曾擔心「阿

飄」會來找她們。原來，那場惡作劇的最大受害者是我，
我被自己所創造的暗鬼所惑，白白錯過了復中女宿最美
的星光穹蒼。

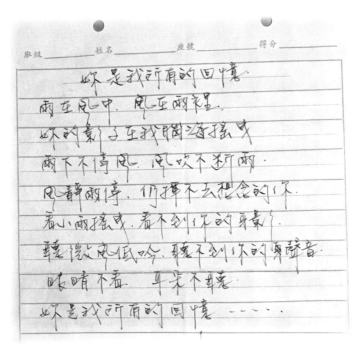

照片：周 Pia 抄給我的歌詞，當時我們很流行抄寫喜愛的歌曲，覺得
詩意。（許斐莉／提供）

《宿舍有鬼》

女生宿舍的曬衣場

老是鬼影幢幢
總有幾件白色制服
像無主孤魂般
隨風飄盪
像在追弔青春

女宿（四）　尋常歲月

　　對愛熱鬧的我來說，每學期換寢室跟室友，並不是件困擾的事，彼時的我，尚未察覺到自己性格中有著極度喜愛僻靜的一面，在那個極端還沒到來之前，我用一種近乎盲從的心態，享受著女生宿舍的集體生活，毫不困擾。

　　我的同學們都比我具備更高度的服從性，包括晨起、梳洗、出門赴早餐、用餐後拿書包進教室，一直到吃晚餐、洗澡、晚自習、洗衣晾衣、睡前自修、晚點名……等等，我總比別人慢半拍；我的眼睛像是個八釐米攝影機，永遠在觀察紀錄周遭發生的一切，以致於其實我也是帶著某種距離感在生活，只是當時的我渾然不覺。

　　我永遠在看人，「看」是一種觀察、學習，或是某種安全感的來源——看看別人在做什麼，自己不要差得太離譜；「看」也可以是一種貢高我慢——你們是庸俗的，我是超凡的……對於人生感到迷惘或無感的我來說，「看」是一種安全感，擺脫了無法預測未來的荒謬感，讓眼前的一切真實化、合理化，可以讓自己不那麼虛無。

　　但當時的我並不懂，對於情感取向多於理性取向的

83

我來說，只要能夠融入同學們規律的作息中，就能擁有歸屬感；就像天秤的兩端，我需要團體生活的世俗化，也需要小小的叛逆，平衡我裝乖的不自覺企圖。是以我能夠過這樣的團體生活，但三不五時，我必須跳出軌道之外，冒險、喘氣、感受自己存在的虛無。

宿舍有舍監，其中一位非常地不苟言笑，個子不高的她鼻梁上掛著一副黑邊眼鏡，常常坐在一樓樓梯間的辦公室裡，講著漫長的電話。那裡是非必要絕對不去的地方——去了不是挨罵，就是為了請假去送假單；留宿校外幾乎是不可能的，舍監不喜歡我們請假外出，但總有同學有辦法闖關成功。

從宿舍大門進來後，右手邊有面很大的落地鏡子，再往前走有塊黑板，供教官和舍監公布命令。印象最深的是，班上的俠女「老爹」，有一回東西被偷，遂於此間書寫文情並茂的「告賊文」，像是「別人父母的血汗錢妳怎麼忍心取走？」「我已經掌握證據知道妳是誰，限妳多久前將東西放回原處。」老爹寫了兩天黑板，但失物依舊石沉大海。除此之外，這塊黑板實在乏味至極。

相較於嚴肅的舍監，宿舍裡有號人物比較受我們歡迎。校工伍媽當時應是中年，頭髮又捲又翹，總是笑臉迎人，走起路來臀部翹翹的，加上胸部也豐滿，便有一種滄桑的風情。聽說她單身，可能是喪夫或已經跟先生

分開，但她的笑容不曾透露任何悲傷；見到她時，她總是一副已經幹完活兒的模樣，一派輕鬆。

伍媽在地下室的房間是我們最常光顧的地方，山下雜貨店裡的零食區在她房間化約成「女宿分店」，蝦味先、蠶豆酥、蘇打餅乾與各式泡麵……足以誘惑仍在青春期的、半夜不睡覺卻又容易餓的我們。伍媽總是像阿姨般親切地招呼著我們，問我們想吃什麼，「今天要不要吃蝦味先？還是想吃泡麵？」永遠都好商量。有時候我們太晚敲她房門，睡眼惺忪的她頂著一頭蓬鬆凌亂的頭髮，風姿綽約地來應門，然後好脾氣地等待猶豫不決的我們選定零食……她總是說，她不被允許在宿舍賣東西，叫我們要幫她低調；但全女宿無人不知地下室有個零食鋪，我們用一種善意的默契保護了她。

若說宿舍裡有什麼事是最令我討厭的，那應該是晚點名了。舍監在各樓層遴選出一位「樓長」，晚上 9：30 晚點名時，所有人都得放下手邊的一切——洗衣服的、刷牙的、講電話的、餵烏龜的……然後在門口分兩列站好，等樓長從第一間寢室逐間走來時，室長必須回報「到齊」。其實樓長並不會逐間檢查，因為很花時間，而且她忙著一邊移動，一邊低頭看晚點名簿，不太可能分心抽查；所以此時可能許多人就會溜回去做原本在做的事，例如餵烏龜。但有時，若室長的「到齊」聲回覆得太慢，

偏離了晚點名的節奏，樓長的眼睛就會從她的黑框眼鏡後抬起來，可疑地看著那間寢室的所有人，那眼神令人不寒而慄，猶如舍監的翻版。

除此之外，女生宿舍的單純與規律，在荷爾蒙旺盛的青春期確實發揮了某種制約作用——我們在相同的時間沐浴、洗衣、晾衣、在寢室聊八卦、一起出門上學，或許這在心理學上具有某種同儕模仿作用，因為所有人都是單純的，你也複雜不起來。這種群體歸屬感對一個對未來茫然無知的孩子來說，確實發揮了極大的安定力量。

我對於群體生活的迷戀，從高中持續到大學，在女生宿舍裡我觀察也模仿一般女生的生活方式，讓自己的女性角色更社會化。直到大學畢業後赴美讀書，我才真正開始享受獨立生活的樂趣，慢慢地，過去青春期中愛熱鬧、怕孤單的部分，才像金蟬脫殼般慢慢褪去。如果沒有當年復中三年的經歷，或許我永遠無法成為獨立自主的女性。

卷二

青青子衿

《髮禁》

親愛的教官
我不是不聽話
我只是不喜歡露出我
高聳的額頭
留點瀏海比較有安全感
十五歲的女孩很敏感
醜陋會讓我們不想面對任何人
覺得沒有明天

你看！
連樹都有茂盛的葉
盡情長向它的方向
請讓我們保有一點點
美麗的權利

孫東寶牛排

　　高中時，同學們來自四面八方，有人來自煤礦的故鄉瑞芳，有人的家在遙遠的台東，還有客家同學的家在苗栗、新竹，也有人從農業大縣雲嘉而來。同學們省吃儉用，目標一致——一定得考取大學才能光耀門楣。

　　那時的飲食沒人講究，住校生三餐都在學校搭伙，梅花餐出自退休老榮民之手，餐餐都很豐盛，還記得同學凱蒂每晚打電話回家報平安，報的就是菜色。凱蒂是我們班的國學大師，綽號唐明皇，成績出色，我這成績平庸之人卻跟凱蒂有個共通點——愛吃玉米。每當學校伙食出現「胡蘿蔔炒玉米」這道菜，我跟她就會留到最後，像兩隻小鳥般啄食玉米粒，榮民伯伯們一邊收拾各桌剩菜，一邊不忘把別桌的玉米倒進我們眼前的盤子裡，啄玉米就變成我跟凱蒂最歡樂的食療時光。

　　復興高中學生最愛的「大陸麵店」，位在好漢坡旁的山腰上，這家麵店的風格強烈，最出名的是炸醬麵，大顆豆丁與豆瓣混合出濃郁的香味，搭配又粗又有嚼勁的麵條，讓大陸麵店很受復中學生歡迎。最經典的就是「大加」，炸醬麵大碗加蛋花湯，麵吃完了還要把湯倒進去充分攪拌醬汁才夠味。高三上學期我在校外短暫租

屋,和室友一起到大陸麵店搭伙,每天中午兩人分食一個便當,我們兩人總是坐在一起,有禮地各食便當的東西角落,然後再把中間的飯菜禮讓給對方。與其說我深深著迷於大陸麵店的炸醬麵,不如說我迷戀於「跟多數同學一樣愛它」的歸屬感。大陸麵店在我們畢業後關閉,後來聽說搬遷到淡江大學附近(一說原本在淡大就有分店),復中人考上淡大的不少,大陸麵店因此延續了許多人味蕾的情感。

對我來說,當時更吸引我的,是靠近山下真理堂旁邊的小麵攤,它的滷豆干相當好吃,十塊錢一小袋,當零嘴剛剛好;有時才入手,一面爬好漢坡回學校,還不到校門口我就吃完了,想回頭再買又太丟臉,可見得有多好吃!可惜這家豆干麵店在我們畢業後也關門大吉。

當時,台灣還沒有開始大量流行西餐。我第一次吃牛排是在八德路上的「白木屋」,爸爸為了宴請二哥當時的女友,帶我們去開眼界。比「白木屋」更平價的就是「我家牛排」了,那時大哥大嫂談戀愛,偶爾會帶我從內湖搭公車到民生社區吃「我家牛排」,一客90元,烤得香噴噴的大蒜麵包、又濃又稠的玉米濃湯,光是開胃就夠讓人滿足極了!還有辛香味十足的黑胡椒醬,它讓我往後在吃牛排時都不愛牛排醬,反而會習慣性地跟店家要黑胡椒醬,可見得我對「我家牛排」黑胡椒醬的

迷戀程度。

　　班上同學多數沒吃過牛排，一回，大夥兒說好要存錢去士林吃牛排，我們於是非常認真看待這個約定，在高二時，我和老爹、周 Pia、苦瓜、凱蒂、貴妃（還有誰？），一行人就從北投浩浩蕩蕩地出發，搭公車往士林夜市而去，進了「孫東寶牛排」。

　　我到現在還記得，我們幾個女孩子興奮地研究著菜單，但多半選擇了最便宜的；然後在烤麵包、開胃湯、牛排端上桌時無聲而專注地享用著。在那個物慾尚未橫流的年代，我們對食物是如此珍惜而知足。

　　在我往後的人生中，很幸運地遍嘗了山珍海味，但都沒有一餐像當年的「孫東寶牛排」如此讓我懷念。我尤其記得平日心事重重的「苦瓜」，在那一餐中舒展了眉結；老爹一路上指揮帶路，貴妃羞赧地品嘗每一道食物，以及我的眼睛如何像八釐米攝影機般，紀錄著同學們的表情，因為我知道，在來年的某個時刻驀然回首，我必然會記得當年的單純與美好。

　　那家孫東寶牛排後來也關了。士林夜市經過歲月更迭，美食街地下化，少了原本在露天打食的況味，唯一不變的是，這裡還是年輕人喜歡遊逛的地方，只不過，這個年輕世代遠比我們當年富裕許多，在台灣就近品嘗異國美食也變得稀鬆平常。我每每覺得，當我這個世代

的人懷念起 1980 年代士林夜市的孫東寶牛排，或許正像我的上一代人懷念台北大稻埕的波麗露餐廳吧！那種透過美食探索世界的趣味，唯有在物資缺乏的年代更令人回味再三。

照片：學校的住宿生每天的三餐都由榮民校工細心準備，每一道都美味。（取自復中 30 畢業紀念冊）

金釵們

　　人類對美貌的崇拜與迷戀，自古皆然，且是跨宗教、跨種族、跨性別的，儘管美德應該凌駕於之上。

　　復興高中的美女眾多，在此姑且稱之為「金釵」。每一屆都有無數的金釵，如同環球小姐選美一般，金釵們一入學就會成為目光焦點的「佳麗們」。

　　成為目光焦點是什麼滋味呢？如果把女生的美貌拉成一條光譜，明亮的一端就是金釵所在地，而黑暗的另一端就是如我一般其貌不揚的醜女；醜女基本上是屬於時代背景的角色，除非她醜到極致，她的醜便被賦予了某種喜感，喜感是醜女唯一可以合理存在的方法，一如周星馳電影裡的如花。

　　醜女在某種程度上也可以化約成觀眾，加入男生們品頭論足其他女生的行列；而既不美也不醜的女生們，則用安全的方式，參與金釵們的生活。

　　以女生班來說，出現金釵的比例大約 10%，咱們高一班上就有好幾位，例如班長小好、儀隊隊長阿賽斯、雲林來的阿粉、國中跟我同校的仰仰，還有台東來的洪猴。

　　小好生得極美，皮膚白皙，姿態娉婷，雖然很守規

矩地留著學生頭，卻絲毫不減其清麗，據說她的長才是舞蹈，但她並不喜歡別人提及過去在舞蹈上的輝煌史，據說是因為為了練舞，以至於高中聯考沒考好，只能抱憾來讀復中。我們因此不去觸碰這個地雷。（但我若擁有她的娉婷身材，應該會每天坐在那裡發號碼牌給男生吧！）小妤就在這樣的氛圍中，低調地過著她的高中生活。若說有什麼事情是三十年後仍殘存在記憶裡的，那就是在剛開學沒多久，國文老師在點名時，不慎將小妤的「妤」唸成「好」，一個優雅的名字瞬間多了土味，全班哄堂大笑到不可收拾，年輕的國文老師則是脹紅了臉，彬彬有禮地頻道歉。

班上還有一位低調美女阿粉，她的本名充滿古典言情小說的況味，但本人卻是非常地清新脫俗。她具備了亙古以來華人美女的條件──纖細、白皙、溫婉、低調。但阿粉儷人的不只是她的美貌，還包括她的學業表現，據說她國中時也是名列前茅，高中聯考失常的她偏安復中，是以每次考試都有亮眼表現，經常上台領獎。這樣的金釵卻選擇以融入背景的方式在復中度過三年，非常不易。我是一直到畢業多年，才知道她當時經常收到情書，似乎也有未經證實的愛慕者，那真的一點也不令人意外。

才貌雙全的還有阿賽斯，坐在最後一排的她至少有

94

一百七十公分吧！入學後她很快就入選為儀隊的一員，她也很會讀書，尤其會寫論說文，高二時我參加演講比賽，講稿就是她寫的。

不知何故，我很懼怕阿賽斯，對我來說她就像教官的化身，正義凜然。一天到晚廝混的我，遠遠看到她就會繞道而行，她就像是正義與良心的化身，永遠提醒我課業表現太糟、缺乏毅力、整天都在做白日夢。唯有一次，我在宿舍被她正面迎來，來不及躲，沒想到她笑吟吟地跟我道謝，我忘了當時是我當指揮帶大家在班際歌唱比賽得名，還是個人拿了什麼才藝獎項之類的，她竟然對我露出笑容：「謝謝妳為我們爭光！」這句話猶如五雷轟頂，正義與良心的女神竟然讚美我了！那似乎為我成績慘澹的三年多了點聚光燈。

畢業後，一回凱蒂找我和幾個同學到阿賽斯家玩，她家位於東區的高級地段，樓梯間的鞋櫃上擺了一張藝術電影的海報。入得廳堂，舉目望去皆是窗明几淨，工整大方，一如她寫的論說文，以及她的人生。我們開聊了些我已記不得的話題，然後她放了捲錄影帶，看的是《大國民》，而我真的昏昏欲睡。

除了本班的美女之外，男孩們心目中的金釵還另有其人，他們對三大金釵的興趣之濃厚，除了會在社團活動時假裝不經意地聊起，想要多探聽點什麼之外，也有

點像是在選擇自己情感的原型。就好像 1986 年時劉文正捧紅的「飛鷹三姝」，男孩們會有他們的偏好——裘海正陽光健康、方文琳溫柔婉約、伊能靜小巧精緻……孩們對三姝的偏好，也下意識地表現出對哪種女性特質的自我認同，比方說我喜歡方文琳，所以在我被形塑的觀念裡，認同的是「溫柔婉約的女性特質」，女孩就該是那樣，即使我並不是。

　　也因此，我最喜歡的金釵是鄭，她就是個溫柔婉約的甜姐兒。

　　「鄭金釵」也是瘦高白皙，髮禁絲毫不減損她的美，俐落短髮，總隨著她的笑容而飛揚，百褶裙在她身上似乎長得恰到好處。最經典的是，聽說她住在青島東路，有些男生每天上學前會守在她家巷口，看清晨的她推開大門，如蓓蕾般嫣然一笑，那一笑可以讓男孩們盪漾著春心，心滿意足地跳上 216、217 或 218 公車，在駛往北投學校途中反覆回味。我日後在電影《藍色大門》中看過類似的微笑，桂綸鎂對陳柏霖的嫣然一笑，凍結了空氣；嫣然一笑是所有美女必要的渾然天成。

　　鄭金釵理所當然地在高二分班時進入音樂班，當然三大金釵都在那裡了。那年校慶，音樂班在舞台上表演了一首曲子，全班走位唱跳，鄭金釵全程露出甜美微笑，在每一個重點段落閃動她的俐落短髮，回眸一笑；她的

纖細長腿在每一個走位輕拍著百褶裙，別說整個復興高中的男生有多迷醉，連我都看呆了。

相較於鄭的甜美溫柔，「白子」的古典陰柔更充滿神祕感。我們喚她「白子」，因為她的皮膚白裡透紅，好似吹彈可破。當然，她也跟所有的美女一樣，具備了白皙瘦高的特質，但是她的中分齊髮還具有一種神祕的魔力，像窗簾般完好保護著她的臉龐，特別是她總是低垂著一張臉，流轉著眼波，就連一抹微笑也是神祕的，像是隱藏著許多祕密。垂落在兩腮旁的窗簾頭是她最好的金鐘罩。

「白子」是國樂社之花，當她坐在古箏前，垂目含笑地撥弄著琴弦，活脫是從國畫走出來的古典美人，那樣的傾國傾城，讓人不禁要唸起蘇軾的〈念奴嬌〉，如同讚嘆小喬般地讚美「白子」的美。然而我個人卻始終認為，她是所有金釵中最叛逆狂野的，她的那雙球鞋大而跳躍，經常領著她闊步前行，微風吹開她烏黑的「窗簾」，神祕的笑容打開了，透露出狂野的自信，那變化是如此微妙，一般涉世未深的復中男孩應該早已被電暈，只有我這醜女看得出來吧！？

我跟金釵們活在不同的象度裡，若不是因為住校，每學期換寢室，肯定與三號金釵老死不相往來。是的，在高三時，我竟然和「搪瓷娃娃」成為室友。

這樣的稱號並無貶抑之意，而是因為她的混血兒外表太像洋娃娃那般精緻美麗，令人忍不住想要好好呵護。

搪瓷娃娃是混血兒，未經證實的傳聞說她有荷蘭人血統。她的個子不高，但是五官非常立體，濃眉大眼加上深情長睫，眨眼時也令人目不轉睛。我們在寢室裡不常交談，因為當時已逼近大學聯考，宿舍的氣氛非比尋常，而她也跟我們多數人一樣，心繫課業。

搪瓷娃娃跟我只有少數幾次的深度交談，多半與課業及人生方向有關，她的臉即使在煩惱時也是美麗的。我們在畢業後各奔前程，我理所當然地以為，她自然奔向了人生勝利組──漂亮女孩總是具有某種優勢，更何況她又是思考型的美女。多年後，我曾在公車上看見她步行在民生東路上，夜色中，她裹在稍嫌老氣的咖啡色套裝裡，低頭徐行，下意識輕甩耳際的頭髮，就像高中時一樣，而我只能在公車上默默地祝福她……

每當回想起我的高中歲月，我總難忘自己仰望她們的心情，對任何青春期的女孩來說，能收到情書、被男孩大喊名字，甚或是不經意地多看幾眼，都是一種虛榮，那種被主流審美觀所認同的歸屬感，已被父權社會形塑成某種榮耀。弔詭的是，當我們這些醜女、半醜女或非美女努力掙脫父權社會加諸在我們身上的標籤或期待

——最起碼有些工作不是男人特有的權利、女人並非蓄長髮才美、不是只有年輕女人才能戀愛……凡此種種，最終都會因為我們發現，其實在做過這麼多努力後，我們終究缺乏了一些勇氣，對上述的標籤或期待大聲說不，然後揣想：「如果我是金釵，人生是否會順遂些？不至於如此疲累？」

照片：復興高中美女如雲。
（仰仰、尼姑／提供）

　　然後我發現，如果當年「鄭金釵」在走出青島東路家門口時，狠狠地甩那些等在巷口的男生一巴掌；「白子」公然撕毀那些情書，「搪瓷娃娃」可以抬頭挺胸，用她的長睫大眼擋回一個個窺視她的目光，我們這些努力在這世界上存活的醜女、半醜女或非美女，心理上是不是會好過些呢？

　　畢業後多年，聽說鄭與白子都到美國發展了，相信她們一定過著非常幸福的生活。

　　畢竟，在人類漫長的進化史上，要經過多少次的基因組合，才能出現傾城傾國的絕世美女！如此稀罕的比例，或許是人們迷戀美女的原因之一。若是如此，我們其實應該要禮讚金釵，並且祝福她們永遠幸福快樂！為了人類的福祉，多子多孫呀！

照片：當時的舞蹈社表演，每個女孩都是男孩注意的焦點。（仰仰／提供）

《金戲們》❀

(一)她推門而出
　　等候在巷口的男孩
　　壓低了大盤帽
　　贏得了清晨裡
　　她的第一抹微笑

(二)她的髮重落半邊在耳際
　　掩不住神秘的笑意
　　還有天生麗質的白裡透紅
　　所有的男孩都醉了
　　誰家的女孩如此標緻

102

(三)她總是垂目而行
　　濃密長睫掩不住流轉眼波
　　她深邃的五官猶如荷蘭公主
　　男孩們都在打聽她的身世

(四)她們是大屯山腳下
　　閉月羞花的復中金釵
　　一顰一笑都是話題
　　那韶華巧妙身是如此芬芳
　　讓所有荷爾蒙旺盛的男孩
　　都留下了一抹馨香在記憶裡

閨密

　　如果一個女孩不是金釵，就會需要女眷（或者是所謂的閨密）。從初中過渡到大學，女孩是脆弱的，她不僅必須自己面對身體上的微妙變化，也得訓練自己的內在，足以承載隨之而來的大考，以及往後的人生，對十五歲到十七歲的大女孩來說，天知道這有多困難！而這些困難往往令人羞於啟齒，是以女眷或閨密有其存在之必要。

　　青春期有許多令我懼怕的事，我害怕一個人去上廁所，不論廁所採光有多明亮，我始終害怕門打開後見到鬼，所以我連上廁所也得抓個人陪。更多時候我害怕寂寞，覺得自己的存在很彆扭，如果身邊有個人，彷彿我可以依附著他，生出一些力量；但當時的我並不明白，我的內在是如此脆弱，是以光是從教室奔向操場這條路，班級整隊時，我都不顧整體隊伍的美觀，硬是要站在比我高一個頭的閨密旁邊。

　　我跟閨密一起發展同樣的社交活動，例如參加同一個社團，或是有幾個不同的閨密可以吐露心事，我也常邀請她們到我家玩，是以家母至今仍記得我每一位閨密的名字，家父家母甚至收了其中一位當乾女兒。

照片：每個青春期的女孩都需要閨密。我和汪汪一起參加社團，也共同在校外租屋。（許斐莉／提供）

　　那時我幾乎把跟我略為要好的同學都視為閨密，我不會設定祕密 A 只說給閨密 A 聽，或是閨密 B 只會知道祕密 B，我的生活太單純，不是社團就是花癡單戀，要不就是苦惱功課，所以大家都知道我的心事有哪幾樁。在那個單純的年代，女孩之間其實沒有什麼好勾心鬥角的事。山城的環境令人心胸開闊，眾人的唯一目標就是考上大學，而我的心事無非就是那幾樁，只要跟閨密聊聊天，傳傳字條，唱幾首歌，一切就會好過些。

　　事實上，閨密的存在就是一種安全感，高三時，我還常常邀請住對面寢室、同社團的閨密來跟我一起睡覺，兩個人擠在同一張床上，在熄燈後還會咯咯笑，連挖鼻屎這種事也可以當成玩笑話……在某種程度上，高中的我好像還沒斷奶。

　　女同學之間也發展著不同類型的閨密關係，有的人霸氣十足，始終在指揮閨密，嫌對方動作慢、做事不靈光、催促行程、大聲嘲笑對方的笨拙……；有的則像老夫老妻，做什麼事都沉默著，好似已經邁向金婚的那種默契；也有的是彼此強烈地在乎著對方、擔憂著對方，那種命運共同體好像梁山伯與祝英台，千山萬水一路扶持著進京趕考。

　　閨密也是無常的，有時我的閨密會被搶走，或是生氣不理我。女孩間的情感往往是複雜而細膩的，但是這

樣的排列組合也很快就會抵定，三三兩兩，出雙入對，焦不離孟，孟不離焦。每個排列組合裡都有個祕密花園，我們跟閨密說的話絕對不會跟母親說；除了手帕、衛生紙，閨密還會交換衛生棉，討論內衣的正確穿法，當然也會有對天發誓絕不能洩漏的祕密。

多數時候，我只是個小孩子氣的青春期彆扭女孩，緊黏著我的閨密不放，這一切都是因為我成長過程缺乏姊妹的關係。這也讓我特別羨慕個性獨立、獨來獨往也不覺得彆扭的同學，那種自在的丰采總令我望塵莫及。我的閨密情結一直持續到大學住校，只不過黏度變少了，但是每逢寒暑假或失戀，我還是會往外縣市跑，去找我高中時的閨密取暖。

在赴美讀書後，我的個性變得獨立許多，環境的改變讓我瞬間長大。我可以站在五十幾個美國同學面前用英語簡報作業；可以一個人背著相機搭公車，去城郊的墓園拍照；或是徒步去唐人街扛日用品，回半小時路程以外的公寓；甚至是一個人搭地鐵到黑人區的醫院看病。父母、閨密都不在身邊，但是美國的空氣很自由，我也開始在自己的人生中摸索，自在飛翔。我的牆上貼著一張高中閨密寄給我的篆體字，四方型的粉彩紙上，端端正正地寫著「心無罣礙」四個字，那樣的祝福每每讓我可以生起能量，勇敢面對異鄉的生活。

　　拿到碩士學位，我進入聯合報展開南征北討、迷人的記者生涯。我瘋狂地工作，不知道休息，也一度忽略了我最要好的閨密。直到 2017 年，我認真開始連絡舊友，終於與失聯的閨密重逢。撿回好友讓我如獲至寶，不再抱憾。我明白了，過去之所以失聯，是因為彼此都經歷了巨大的生命波濤，自顧不暇；我們的話題或許已跟高中時完全不同，在無常的威脅下，我們試著懷抱希望面對人生，雖然並不容易。

　　當女孩蛻變成女人，我們終於一同穿越時空，來到了令我們一度恐懼的中年，我們的臉上增添了風霜，頭髮花白了，身材與健康成為新增的話題──那是青春期的我們所始料未及的。

　　每個女孩都需要閨密，即使已為人母、為人妻或仍隻身一人，女性的支持力量仍然十分重要而龐大。當我們被命運的颶風候地狂掃到中年，我們更需要閨密一起變老，相互提醒要更愛自己一點，才能努力以優雅的姿態走向人生的黃昏。

《閨密》

從女生過渡到大女孩

青春期的恐懼太莫名

怕人　怕鬼　怕自己

怕生　怕吵　怕寂寞

大女孩的心情太彆扭

怕醜　怕胖　怕比較

怕東　怕西　怕孤獨

是以每個女孩都需要

閨密。♡

書法・梳髮

　　在教官的就近看管下，我在高一下學期逐漸淡出復中合唱團，改去書法社，為此，我在日記上數度抒發捨棄合唱團的無奈，像個即將奔赴沙場的勇士，叨叨絮絮著對伴侶的忠貞，以及不得不的遺棄。

　　小學時，我是書法比賽的常勝軍，啟蒙老師是吳興國小的朱國鈞老師，拜朱老師之賜，我曾經得過中日書法比賽獎。國中時身陷人生黑暗期，才華不得施展，功課表現也極糟，一心只想趕快脫離可怕的分數至上歲月，隨便有個學校讀都好！那時我幻想的高中生活，是像哥哥他們收藏的金韻獎唱片封面一樣，扛著吉他走在鄉間或海邊，那樣的自在愜意，我對復興高中便是懷抱著這樣的期待，因此就算是教官對我施加壓力，使我自動淡出合唱團，也無法阻擋我另行發展社團生活。

　　書法社是個臥龍藏虎之處，參與的團員雖然都不是高調浮誇之人，卻都身懷絕技且深藏不露。

　　我們這屆的社長姓廖，個性冷靜穩重，脾氣修養俱佳，有著超乎那個年齡的早熟氣質，他總是好脾氣地接納每一個人，耐性地說明每一件事，任何磨難之於他都可以是輕描淡寫。我和汪汪、小叮噹喜歡喚他「一顆

痣」，因為他的嘴角上有一顆凸起的痣，直徑約有半公分，這個特徵變成他的註冊商標，他從來不會因為我們肆無忌憚地喊他「一顆痣社長」而生氣。

社長不但有雅量欣賞每一位團員的作品，他的楷書更是寫得極佳，方正穩重，筆畫分明，一如其人。我們的上一屆社長姓蔡，個性幾乎和「一顆痣」一模一樣，冷靜低調，溫和有禮，每當他們面對面商量事情，就好像雙胞胎在對話，幾個簡單的眼神交換之後，不需要太多言語立刻就能產生決策。

女生裡面我跟汪汪、小叮噹最合得來，汪汪跟我的笑點皆低，社團裡常常被我們恣意的笑聲轟炸，我因此有了個綽號「歐斯麥」（O'Smile）──那是當年張小燕代言的餅乾。小叮噹的個性溫柔內斂，說話慢條斯理，雪亮的眼睛透露出她的單純心思。高三時小叮噹和我曾是對門室友，我常邀她來陪我睡覺，我們兩人擠在同一張床上，常常聊到哈哈大笑，睡意全消。

我和團裡其他女生並不熟，長腿妹 A 與 B 跟我好像活在平行時空裡，A 很有男生緣，B 則是很有威嚴，後來去讀了軍校；不知怎麼的，或許是緣自於對自身外表的自卑，我寧可選擇站在遠處仰望她們。升高二後，同班同學老小姐選上副社長，下學期她卸任後換我接手，其實多數時候都是「一顆痣」在打理社務，我都是負責

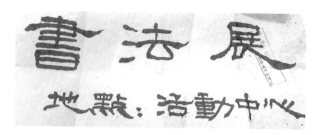

照片：當年書法社的招牌字幾乎都出自我的「師父」之手。
（許斐莉／提供）

照片：我和狼人就像猴子跟狼那麼搞笑，校慶時的展覽我們坐在地板上。（許斐莉／提供）

玩樂打屁較多。

　　社團的男生都不是令人眼睛為之一亮的高富帥一族，但是個個才華洋溢，為人也都踏實穩重。我們最厲害的寫手是小胖，他寫了一手無人能及的魏碑，毛筆在他手上隨便彎幾個角度，便有一個個穩重大方的魏碑出現。小胖是書法社的活招牌，比賽常拿第一，我們這屆的畢業紀念冊就是由他寫下校訓「誠樸勤毅」四個大字。

　　但是他最愛的其實是搖滾樂，一回他送了我一張QUEEN 的唱片，封面是 QUEEN 的樂手披頭散髮、化濃妝的模樣，我好奇地放出來聽，當場瞠目結舌，這什麼鬼啊，吵死人啦！完全不符合我的古典路線。我把唱片束諸高閣——真的放在書櫃上方供著，但是小胖對 Rock and roll 的熱情不減，每次聊天時，他一定會用手指比擬撥弄吉他的姿勢，一面熱情地談論哪一首搖滾樂的歌詞多有深意，可惜我完全不了解，他就會笑著說：「唉！可惜，這個你們都不懂。」後來，他果然在我的畢業紀念冊上留下「Rock 'n' roll forever」的字樣。一直到 2012年，世足賽主題曲使用了 QUEEN 在 1977 年的作品〈We Are the Champions〉，我才真正覺得搖滾樂還不錯。事隔多年後再重聽 QUEEN，竟然覺得曲曲充滿深意……原來我跟小胖的平行時空相隔了三十年！

　　如果以為書法社的男生都是剛毅木訥，那就大錯特

照片：上為小胖幫畢業紀念冊寫的
校訓「誠樸勤毅」。
男同學當中我和小胖最談得來。
（許斐莉／提供）

錯了，他們其實個個風趣幽默，非常會講笑話。例如，他們會一邊比著梳頭髮的姿勢一邊說「書法社」，把我們逗得東倒西歪，或許如此，我們的訓導主任跟訓育組長都很愛突襲我們，觀察我們是否有逾矩的行為。訓育組長特別嚴肅，每逢社團舉辦展覽，他都會事先驗收成果，我們把尚未裱褙或已裱褙好的作品掛起來，讓他一張張審核，其實，我們若不是臨古帖便是寫唐詩宋詞，內容絕非男女曖昧，也沒有人刻意寫藏頭詩指桑罵槐師長，但是一顆痣社長還是得好脾氣地陪他一張張看過，直到他滿意為止。

訓育組長對我特別有意見，因為我是唯一不用真名落款的同學。書法本來就是屬於自由意識的創作，但他總是非常不開心，「什麼山城過客！誰是山城過客？」一回在校慶前驗收展出成果時，他真的非常怒，多虧社長安撫了他，然後我繼續用「山城過客」來表達我的自由派叛逆。

在 1984 年元月的日記裡，我記下了訓導主任突襲社團的精彩畫面——

「正當大家玩的玩，打牌的打牌，聽音樂的正聽得高興時，訓導主任竟然殺進來了，高一的學妹嚇得擠成一團，但是那群打牌的竟不知死活，只見主任說：『唷！書法社倒打起牌來了！』眾生皆欷然，『唉，怎麼沒把

牌收起來呢？』主任還不放過他們，『要不要留個名啊？要不要留個名啊？』他們不答，他舉起手一揮，『好了！解散回家了！』高一女生趕忙收拾東西，高一、高二男生皆不動聲色地瞧著他⋯⋯」

這段日記忠實呈現了在校長的保守政令下，管理者不得不然的嚴格稽查，以及我們低調的叛逆；或許，正因為男女生之間不能出半點差錯，讓校園裡出現了這樣的人物，也因為他們，讓我們的社團生活變得更加刺激有趣。

社團裡還有一號傳奇人物——胖打達（逄達達），因為姓逄（音龐），與胖諧音，名字中又有個達字，眾人便愛喚他胖打達。他專攻裱褙，且是無師自通，對於裱褙所需使用的漿糊泥配方如數家珍；他對裱褙有一股與生俱來的熱情，桌子一攤，宣紙一擺，就可以滔滔不絕解釋該怎麼裱。我每次都聽不懂，只能做個聽眾。

每當我們出遊，或是一時興起想要從學校走到新北投吃東西，書法社的男生們總是彬彬有禮地漫步在街上，看起來就是教養良好的好人家子弟。有時，我們會搭 216、217、218 到台北車站去逛高檔的「勝大莊」，買字帖或是奢華的毛筆，假日時偶爾出遊也都是健康取向，例如，我們一起踏青，我們去桃園爬拉拉山，也在台北挑戰象山，甚至搭火車去阿姆坪烤肉⋯⋯在那段日

子裡，我充分享受了同儕生活的樂趣，也彌補了我無法常去合唱團的失落。

書法社的年度盛事有二——校慶與賣春聯。我們只有在校慶前的備展期，可以正大光明請公假去社團而不用上課。胖打達會熱心地併桌裱褙，我們則是忙著將自己的作品懸掛起來。當時我最得意的作品是一幅署名「山城過客」的隸書作品，寫的是蘇軾的〈洞仙歌〉，那幅字後來被旅居美國的堂姐帶走了，令我十分心疼，因為我自己沒有留下任何復中時期的作品留念，一幅也沒有。

相對於校慶時的大拜拜，歲末年終的賣春聯有趣多了，社團裡總有五湖四海吃得開的人，有辦法在鬧街裡爭取到一個騎樓或攤位，供我們這群涉世未深的毛頭小子勇闖江湖。我們的默契十足，攤子一開，有人負責當場揮毫，有人負責用毛筆沾金粉幫黑色的「春」、「福」、「滿」字勾金邊；還有烘乾大隊負責用吹風機吹乾春聯，動作慢了可是會影響出貨的；當然也少不了叫賣大隊，他們必須勇敢對路人推銷作品，這可不是一般高中生做得來的。

1984 年二月一日除夕當天，我在日記這麼寫道：

「今天是賣春聯的最後一天，我們使出最後手段——大減價，四個字的降到十元，一字的春福滿二元，

照片：賣春聯是書法社的年度盛事。（廖子明／提供）

照片：1985年除夕當天，我們在士林賣春聯，社長會發紅包給我們。（廖子明／提供）

較大的五元，而對聯呢？一副三十甚至二十，可是也賺了近千元。中午大家趕到環南市場領紅包，一人二十元。哈！真是有意思。小高一們皆欷然：『這麼少！』」

書法社的純真可愛，在畢業後由社長維繫著，有一回碰面，社長比一比他的嘴角跟我說：「歐斯麥同學，以後妳不能叫我『一顆痣』了。」我大驚，他竟然把痣點掉了！社長的招牌不見了，我悵然若失，但社長當然很開心，因為帥氣加分了！我們還在他談戀愛時，跟他去看他剛開始追的漂亮女生，後來這位美女成了我們的社長夫人。小胖則是憑藉著真功夫創立「正彥書齋」推廣國粹，透過練字教小朋友靜心及處世之道，成為不折不扣的書法教育家。

畢業後三十年，同學們各奔前程，有人成為創業有成的實業家，有人在保險業闖出一片天，也有人在金融界闖蕩，我們在大學畢業後就不再賣春聯，生命中彷彿有了更重要的事要追求與努力。當年我蓋在「山城過客」下的章「楚萍」到現在還留著，那是我到中華路的裱褙店，請一位外省老伯伯刻的。中華商場拆了後，我不知道他去了哪裡，但我始終記得每次拿字給他裱時，他總是笑盈盈地說：「最近又寫了不少字喔！」當他低頭為我雕刻篆印，也曾笑笑地說：「年輕時我在大陸給自己取的名字是『飄萍』，人生就是漂泊啊！」我們相視一

笑，我真心相信他是懂我的。

　　高中畢業後，我沒再認真寫書法，直到這兩年迷上鋼筆字，才又重新玩味於方寸間。當我翻閱當年的日記與手札，也才看見自己的字在過去三十年裡產生了多大的變化。字隨心轉，當年雜亂紛擾的情緒早已隨風而逝，取而代之的是轉心向內的探索，或許那才該是胸臆間所需反芻再三的人生養分吧！

　　喔！對了，至於我們的訓導主任，Google 的訊息是他後來也辦了書畫展，指導老師就是我們社團當年的指導老師。原來，訓導主任在他嚴肅僵硬的外表下，也有一顆溫柔浪漫的才子心，看來我們當年真的是錯怪他了啊！

只有大屯山知道
　我的青春有多真誠
　奉獻給每一位
　萍水相逢的人

　　　　　　　山城過客

吾愛吾師（一）　涂萍老師

　　1967 年，美國歌手 Lulu 為電影《吾愛吾師》（To Sir with Love）唱紅了主題曲，

　　這首歌在我國中學英語時收錄在一卷「經典老歌」的錄音帶裡。那時的錄音帶裡面都夾著一張小紙頭，用極小的字體打出歌詞，中文翻譯也是簡單扼要。從國中到大學，我瘋狂地跟著錄音帶學唱英文歌，幾乎每首歌的歌詞都背得滾瓜爛熟，腔調也學得很像，以至於當我到美國讀碩士時，有的同學還以為我是在美國長大的台灣人，這全都拜「經典老歌」之賜。

　　在那個資訊缺乏的年代，誰是 Lulu？我並不知道。高中上英文課時，老師也曾放過這首曲子讓我們學唱，直到 2017 年，我才在網路上看見 Lulu 本尊在選秀節目 American Idol 獻唱這首曲子，Lulu 的臉孔對我來說很陌生，但我認得那歌聲，那歌聲變得滄桑許多，編曲也顯得華麗，我還是喜歡 1967 年那個以人聲和絃樂演繹的單純版本。

　　我一直不是個很會讀書的孩子，在職場上，常有人以為我出自名校，說我有菁英氣質，其實不然。讀教科書一直是我的罩門，多數時候，我對知識的探索與渴求

是在校外讀物上，特別是在復興高中時期，閱讀文學作品帶給青澀的我許多慰藉。我總是在日記上計劃著，放假要去買什麼書，我開始涉獵世界名著和當代散文；當時最喜歡的是朱天心的《擊壤歌》。

相對於對課外書的囫圇吞棗，我對「正經書」完全沒轍。高中三年的日記裡，我寫滿對課業的無奈與牢騷。不是在考前立志發願要有所突破，就是感嘆明明有讀卻考不好⋯⋯有同學甚至在畢業紀念冊留言時，形容我「經常為功課所苦」。真的形容得極為貼切。

雖然我不是菁英學生，但要在此聲明，我的爛成績跟老師們一點關係也沒有，事實上，如果沒有復中老師們精彩的教學和誠懇的師生互動，我們的高中生涯不但會失色許多，像我這樣的學生更有可能成為邊緣人。

我很幸運，我們的導師涂萍老師教的剛好是我的強項——英文，或許因此，我慘澹的成績單不至於全軍覆沒。涂萍老師甚至給過我機會，出題給全班小考；在壓力爆表的高三，我還考過全班英文最高分，那真是少數幾樁值得我炫耀的光榮事蹟。

涂萍老師的個子不高，留著俏麗的薄薄短髮，走起路來很快，雖然身材迷你，寫起黑板字卻很大器，一個句子可以從黑板左邊一路揮灑到右邊，最後一排的同學應該不用戴眼鏡也可以看得清楚。老師很喜歡跟我們開

話家常，再把這些日常用語隨機翻成英文，讓我們當場就學會。她的教學也相當活潑、多元，尤其擅長結合課外教材，例如，她會選取英文報紙《China Post》的短文，引導我們提升閱讀能力；或是像「空中英語教室」之類的內容，拉抬我們的聽力。我最喜歡的是 Lab 課程，也就是英聽；我們會從情人坡的女生教室這頭往山上爬，穿越荷爾蒙旺盛的、喧鬧的男生教室，抵達英聽教室上 Lab。老師會為我們選擇英文歌曲學唱，從兒歌〈One Little, Two Little, Three Little Indians〉 到〈To Sir with Love〉，我們戴著耳機忘情地歌唱，每個人都搖頭晃腦，那真是最紓壓的時光。

涂萍老師對我們照顧有加。高一時，有一天她帶來一顆紅石榴，介紹給我們，這是夏威夷才有的水果，除了教我們「石榴」這個單字，還將之剝開，把裡面的小果子一個一個剝下來，請同學們品嘗。我們這些十五歲的小女生，有的可能連「石榴」都沒聽過，每個人都好奇而興奮地品味著舌尖上那帶點微甜、微酸又微澀的滋味，面面相覷。三十年後，同學「老爹」說，她已經不記得「石榴」那個字英文怎麼說，卻還記得石榴的滋味，以及當年師生分食的景象。

而我印象最深的是，高一開學後沒多久，有一天老師遲到了，等到她出現時，淚流滿面地告訴我們，她的

婆婆過世了，她一面拭淚，一面轉過身去寫黑板，把「我婆婆過世了」翻成英文，還解釋文法給我們聽，婆婆的英文為什麼是 Mother-in-law，真的非常認真負責。

高二時，老師要推派代表參加英文演講比賽，她選了我和潘貓，要求我們事先背好指定的課文，等待遴選。因為是我喜愛的英文，所以我準備起來毫不抗拒（與另一場三民主義演講比賽截然不同），而且課文說的是海倫凱勒的立志故事，也很吸引我。我非常認真地準備，每天都在背課文。

遴選當天，我和潘貓先把課文背出，再讓全班票選，妙的是，經過兩次投票，結果竟然都是平手，也就是說，支持我或潘貓的同學都沒有一個人改變心意。

狀況有點棘手，班上同學也熱烈討論起來。此時，涂萍老師把演講稿拿出來，要我們當場朗讀。我因為太緊張，第一個字就唸錯了，全班一陣譁然，勝負立現。和我最想挑戰的英文演講比賽失之交臂，我非常懊惱。但是涂萍老師非常有智慧，她說，這個英文比賽，不管誰代表本班參加，都要互相幫助對方，巧妙地化解了我的尷尬。此後，我沒有放棄對英文的熱愛，如果不是涂萍老師，我無法憑藉著語言專長勇闖美國留學，甚至在我日後從事媒體工作時如虎添翼。感恩她沒有看輕或放棄資質駑鈍、整體課業表現平凡的我。

　　高中畢業後的大學聯考，我名落孫山，猶記得放榜那天，涂萍老師打電話來家裡，不但安慰我，還告訴我，「妳原本在我的名單之中。」意思是，她看好我，其實應該考得上的。我非常感動，卻也極為慚愧，落榜雖是必然，但難掩失落，這樣的心情在老師的鼓勵下頓時獲得轉化，我用振奮的聲音告訴她，「沒有關係，我會去重考。」老師聽了，只是淡淡地說，「妳不難過就好，我只是打來安慰妳。」

　　後來，我重考一年，用盡「洪荒之力」苦讀，每天平均睡不到五小時，後來考取政治大學。多年後，我和周 Pia、阿毛找到老師，她和先生已經一起轉調到成功高中，也搬離北投，我們拜訪她在南昌路的家，她翻出復中時期的相片，竟然有一張是高二時，我當指揮帶領同學參加合唱比賽，我在台上向台下一鞠躬，畫面定格在瞬間，原本個子就不高的我，在彎腰的瞬間，看起來更小了。

　　我真的好小！我被那張照片所震懾，無法想像，當初怎麼有勇氣上台獻醜，是不是缺乏現實感？總以為自己跟別人一樣高大，足以站在舞台上指揮大軍呢？

　　而在當下，我無法言喻的是，對涂萍老師的感恩之情。因為她是如此包容著不太會讀書的我，一直讓我有機會表現自己，建立信心。她的默默支持，讓我得以在

無法突破成績牢籠的高中三年，不至於全然否定自己的價值，也不至於落得全盤皆輸。

　　一直到現在我都還記得，涂萍老師每次走進教室，就俐落地在黑板上大筆大筆地寫上英文字，好像迫不及待地要將滿腹經綸傳授給我們。在當年既開放又保守的復中學風裡，她營造了一個自由、活潑又有趣的空間給我們，讓我們在迷惘中仍能朝自己的人生方向慢慢摸索。

　　每當我再度唱起〈To Sir with Love〉，總會想起涂萍老師。當年，她是怎樣解釋「But how do you thank someone who has taken you from crayons to perfume?」這句話的呢？「同學們，從蠟筆到香水代表的是什麼意思呢？」我彷彿看見老師微笑著，啞著嗓子，在黑板上劃線解釋文法的模樣，而我的嘴角總會再度揚起溫馨的微笑。

　　謝謝您！涂萍老師！

照片：涂萍老師將我們視為女兒般疼愛，在每一個重要時刻，她從
不缺席。（許斐莉／提供）

吾愛吾師（二）　那個白面書生

　　在我的採訪生涯中，拜訪過許多教師與學者，也探討過近代台灣師生關係的變化。很幸運的是，在我的一生中，得遇多位良師，特別是在復興高中，幾乎每一位老師都有自己的特色，即使沒有教過我們，我們也會從別班同學那裡聽聞一些趣事。

　　有一天，同樣住校的社團同學小叮噹笑嘻嘻地跟我說：「今天我們英文老師教了一句話，好好笑。」我說：「什麼？」我也很好奇。「Every Jack has his own Jill. 怎麼翻？」我說：「這很簡單嘛！字面上翻是『每個傑克都會有自己的吉兒』，每個人都會找到自己的另一半。」她說：「我們老師翻成『破鍋有爛蓋』！」我們大笑不已。此後，我再也忘不了這句英語俗諺。

　　印象最深的是高一時，一開學，每位老師都讓我耳目一新，對照我國中時所讀的女校，教師幾乎清一色皆是女生，光是教師之間的競爭，就讓學生們承受莫大壓力。但是復中不同，我很難具體形容那個差異性，如果真要形容，比較像是一隻小鳥在躍上較高的枝頭時，發現樹冠層上有好多各種不同的鳴唱，讓牠也想趕快加入合聲之中，那樣的受到激勵與鼓舞。

　　老師們也都正值壯年，例如我們高一的國文老師張再興老師，個子不高但風度翩翩，梳著油亮的西裝頭，露出額際的風流尖；他總是穿著乾淨的襯衫，教起課來有一種文人的嚴肅與謙虛，是對古文的油然崇敬。他尤其熱愛朗讀課文，特別是〈祭妹文〉，還記得他對同學們說，他非常喜歡這篇文章，請求我們允許他朗讀一遍給我們聽。在那樣的情況下通常不會有人反對，於是他便開始了那句：「嗚呼！汝生於浙而葬於斯……」再興老師流暢而感性地朗讀著每一個字，空氣是凝結的，我們在他擲地有聲的韻致裡領受古文之美，在幾個段落，他拿出手帕來擦鼻子，忍住即將奪眶而出的眼淚，直到最後那句「紙灰飛揚，朔風野大，阿兄歸矣！猶屢屢回頭望汝也。嗚呼哀哉！」唸完，他忍不住拭淚，輕輕地清清喉嚨，羞赧地說：「好感動！真的寫得太好了。」我在往後的人生中，鮮少看見男人可以像張再興老師那般，如此不畏於流露真情。

　　猶記得彼時他新婚，在學校山下住，一回黃昏時，我跟同學下山買東西，正巧遇見著短褲偕新婚妻子出門遊逛的老師，不知何故，他顯得異常害羞。同學認為是短褲使他羞赧，而我則認為是師母不小心曝光之故，總之他在點頭打過招呼後幾乎是以逃竄之姿快速消失在我們眼前，害我們也不好意思起來。

　　在我的日記本上寫著：「1983 年 3 月 1 日，天氣晴。張再興老師被調到嘉義香林國中當校長，今天來了一位莫根儒老師代課，滿有意思的。」再興老師要離開復中時，同學們皆悵然，他就像是從古典小說裡走出來的白面書生，只為來為我們朗讀一次〈祭妹文〉那樣的短暫緣分。

　　多年後我在《聯合報》擔任旅遊記者，有次上阿里山採訪，途經香林國中，想起張再興老師臨別前曾打趣，他即將到「台灣最高的國中」服務，於是便在校園裡尋找他的蹤跡，可惜未能值遇；但校園裡豎了一根標示海拔高度的木樁，上面的題字人就是他。復興高中的回憶竟在那刻紛至沓來。

　　他對古文的崇敬與禮讚，讓當時一心崇拜英文的我，願意重新耐著性子，慢慢推敲字裡行間蘊含的寓意。對文字之美的無條件服膺，沒想到竟然在日後慢慢將我推向了作家之路。

吾愛吾師（三） 晚自習夜話

對住校生來說，晚自習具有某種規律性，以及潛移默化的靜心效果，陪伴我們的老師有的是原本的科任老師，有的是別班老師，但他們往往比補習班老師更能春風化雨，猶如親族中的長輩般親切。

在我的記憶中，最難忘的是數學老師——郭偉成老師。他的個頭不高，頭的比例尤其大，解題的時候會左右搖晃著身體，粉筆在手指間轉動，眼睛盯著黑板上的題目，這樣的大腦快速思考會持續約五到十秒，然後，他會開始飛快解題，飛快解釋。看他從思考到解題的過程是很享受的，可惜的是，我天生對數字無感，聽完就算了，只剩下他如行雲流水的丰采長存心中。

我給郭老師偷偷取了個「原子小金剛」的綽號，因為他額前的瀏海尖尖的，短小精幹的身型也像原子小金剛。

郭老師常常在晚自習時陪我們，有一回他來，讓我們自修，而且可以放音樂。周 Pia 就把椅子架在課桌上，再把收音機高高放在椅子上，放的音樂是空中補給合唱團（Air Supply）的曲子。

Air Supply 在當時很受歡迎，每個高中生都能朗朗上

口幾首他們的情歌。我們放了幾首抒情曲，全班沉浸在浪漫的氣氛中，原子小金剛也很愜意，翹起二郎腿，低頭閱讀；直到 Air Supply 唱起那首〈Making Love Out Of Nothing At All〉，中間出現了一段慷慨激昂、旋律不斷重複的副歌，在寧靜的山城顯得分外高亢……待此曲終了，原子小金剛終於抬起頭來，慢條斯理地說：「有沒有旋律比較優美的歌曲？」

大夥兒憋住笑意。我永遠忘不了他的表情，應該是忍受了很久才爆發吧？周 Pia 起身換錄音帶，大概是塞了一卷「老式情歌」之類的進去，時光再往回倒退二十年，大概唱的是〈到舊金山別忘了在頭上插朵花〉之類的歌曲，原子小金剛非常滿意，「嗯！這樣優美的旋律不是很好嗎？」我們理解地點點頭回應。

照片：數學老師「原子小金剛」與同學合影。（取自復中 30 畢業紀念冊）

　　也只有在晚自習時，原子小金剛會說一點非關數學的事，例如，他假日都去基隆，幫岳父家的生意「開怪手」，他談起開怪手的表情帶有某種不可褻瀆的神聖，結合手勢示範排檔桿的推進和換位，不下於跑車選手述說他所深愛的藍寶堅尼。我們一群女生冷靜地聽他得意地說：「我五歲的兒子最近也會開怪手了！」好像那是一種難得的天賦，唯有父傳子才能獲得的無上殊榮，比會解題還了不起。

　　晚自習時有幾位代課的國文老師也很有趣。莫根儒老師高頭大馬，操外省口音，脾氣非常好，上課前或下課後常在教室外抽菸。一回講起自己的菸癮，無奈中帶著幾分懺悔，「每次咳多了就會緊張，檢查後沒事，又會開始抽了，沒辦法。」同學們微笑地看著他，用某種溫柔的慈悲輕易地原諒了他。

　　另有一位數學老師，非常削瘦，留著兩撇小鬍子，他專教男生班，不知何故，印象中他常著長袍馬褂（但我始終認為是自己的記憶錯置），同學們盛傳他會算易經，據說還有同學在宿舍撞鬼，求助於他，「老師掐指一算，叫她趕快搬出宿舍，否則逃不過今晚。」不知何故此事一直殘存在我的腦海裡，或許是不可求證的流言？又或恐是記憶錯置？

　　小鬍子老師之所以具有靈異形象，肇因於某一次晚

自習，他自爆親身經歷的靈異事件。

　　某次，他的至親過世，他在守靈時聽見亡者在耳際說著某種無法理解的「天語」；巧的是，隔幾天守靈時又聽見至親的聲音自靈堂佛桌下方傳出，他鼓起勇氣掀起桌布，側耳傾聽，「我聽見了我ＸＸ（亡者）和我那些已過世的長輩，用一種我聽不懂的語言在交談。」他的嗓音沙啞低沉，用近乎氣聲的方式，小聲地述說這個靈異經驗。那是來自天堂還是地獄的聲音呢？

　　我已經忘記班上同學有沒有人嚇哭，但我真的是嚇到發抖，卻又好奇地希望他可以說更多。

　　小鬍子老師沒再來代課，每回在校園看到他，我都感覺他身邊彷彿有一大塊幡布，跟著他飄移，像半仙那般地遊走江湖。而那個靈異之夜，似乎是他在穿越陰陽兩界後，帶給我們的訊息：「小朋友們！世界上真的有鬼，千萬別做壞事喔！」

吾愛吾師（四）　溫柔的春風

　　每個女生在成長的過程中，都需要幾位成熟女性的典範，除了母親之外，同性老師的角色顯得分外重要。

　　高中時，我們所接觸的這些「女性典範」，都可以說是符合傳統父權社會對女性的期待，她們溫柔如春風，適切扮演師長諄諄教誨的角色，絕不河東獅吼，永遠在體制內認真負責。除了我們的導師之外，同學們最愛的女老師莫過於地理老師翁翠梅老師，和高三的國文老師林椒薇老師。

　　每學年分發科任老師前，同學們總會竊竊私語，希望心中的理想教師名單可以出現。我還曾經跟同學寫信到教務處，希望可以將某某老師分派到我們班上，地理老師就是在我們的「念力」下，如春風般降臨。

　　沒有人不愛她，因為她太美，太溫柔又太知性。她就像復中教師群中的志玲姊姊，又瘦又高，姿態娉婷，話語輕柔。翁老師時常穿長裙，認真地在黑板上畫上清晰的地圖；可能是因為長年授課的關係，她有點中氣不足，是以當她賣力教學時，胸膛也隨之賣力地起伏，那使她增添了幾分弱不禁風的韻致。然而老師實則充滿韌性與毅力，這從她常常為我們準備的手寫考卷看得出端

倪——她的縝密心思化約成試卷上密密麻麻的考題，每一題都是小字，動輒一百多題，都是精心設計的邏輯。

因為對翁老師的崇拜，我很努力地 K 地理，猶記得高三的一位室友在我的畢業紀念冊上留言，形容與我的初相遇，「當我走進寢室，妳正微笑地看書，讀的是當時最為喜愛的地理。」我喜歡畫地圖、讀地理，但翁老師的考題太難，我始終考不到高分，日記上也時常紀錄著當時的懊惱：「怎麼讀，分數都很爛。」

有一次下午下課時已接近放學時間，我拿出中午沒吃完的便當來吃（當時我住校外），翁老師一面穿外套一面讚嘆：「哇！妳帶兩個便當啊？」她以為我超級用功，吃完便當會留下來讀書。我急紅了臉，趕忙搖頭，吐不出半句話來，那分明是被偶像識破的心情，恨不得鑽進地洞裡。

照片：地理老師翁翠梅老師是復中人的「志玲姊姊」。（取自復中 30 畢業紀念冊）

　　若說翁老師是我們的女神，那麼林椒薾老師就像是親切的大姊姊。

　　她非常樸素，捲捲長髮中分頭，兩根夾子老實地夾住瀏海；她也總是穿長裙，進教室時永遠是笑咪咪的。她是男生班 311 班的導師，高三時我很喜歡的那個男孩就在她班上，是以我上她的課分外認真，每每希望她能多說一點 311 的事，滿足我對他的生活的諸多想像與期待。

　　班上同學非常喜歡她，同學們會精心設計卡片給她，或是熱情地跟她合影留念。老師雖然教的是艱深的古文，談吐卻相當幽默，例如，在不可能睡飽的高三，只要有人打瞌睡，「我就會故意走到他旁邊，大聲講話把他嚇醒！」她這麼說的時候也是笑意盈盈的，是以她總是在課堂上走來走去。

　　林老師來自純樸的南部，曾經自爆過往情史——初戀男友不被家裡接受，於是她開了個條件考驗對方，「如果你考上研究所，我就嫁給你！」無奈男友名落孫山，戀情也告吹。第二個對象出現時，家裡已經不好反對。婚後馭夫，她笑說會把報紙上「男變心，女殺夫」的新聞剪報放在口袋裡，「三不五時拿出來警告他！」同學們聞言哈哈大笑，真心喜愛這位高 EQ 的老師。

　　其實我最喜歡的女老師是高一的音樂老師——王嘉

寶老師。她的外型並不符合父權社會所偏愛的那般纖細苗條，她有著她的年齡該有的豐腴，最重要的是，她的才華相當耀眼，當她放聲高歌，渾厚的學院派風格令人深深著迷。很可惜的是，在開學不久她便離職；女學生圈子裡流傳的八卦是，她和姊弟戀的對象結婚了。若傳聞屬實，在那個保守的年代，委實需要勇氣，而她選擇做自己。

高一時，我一度考慮大學投考音樂系，千方百計打聽到王老師家的地址，找同學小威陪我去求教。我們在陌生的民生社區巷弄裡大迷航，當我們抵達王老師家，她非常訝異於我們的本領，竟有辦法找到她。那個下午，老師坐在鋼琴前，一次又一次地指導我們發聲，小威的音色清新甜美，我則略嫌低啞，相形之下，我遜色許多。練畢，老師給了我一些建議，如果我真的有心朝正統音樂之路邁進的話。

不知何故，在那次的冒昧請益之後，我竟然徹底從我的音樂大夢中醒來。我想，王老師以極為實際的體驗讓我領悟，愛唱歌與真正投入正統音樂訓練，兩者的嚴肅性絕對不同。而我往後的人生也證明了，在那個沒有網路可肉搜的年代，我竟然有辦法找到離校的老師，我的偵探本領確實比較適合從事記者工作，而非訓練有素的音樂家。

　　回顧過往，其實我的前半生都在摸索身為女性所應有的定位，從早年的服膺父權社會價值觀，到後來的深層自我探索，我發現，我是拒絕成為父權的禁臠的。也因此，我的人生充滿了矛盾與衝撞；最後，在我戀上比我年輕的男人時，我竟然無法生出像我所崇拜的音樂老師那樣的勇氣，用「做自己」來跟社會對抗。每想及此，我都覺得，我浪費了十五歲時那場勇敢的探險，最終走向了平庸之路。

《教師群像》

(一) 生物老師在青蛙身上
　　劃下第一刀
　　一面說她生產時有多痛
　　忘了留下胎盤作紀念

(二) 有著風流淚的國文老師
　　感性地朗讀祭妹文
　　全班也差點流下
　　感動的淚水

(三) 數學老師活脫是原子小金剛
　　盯著黑板五四三二一
　　然後頭也不回地解出算式
　　接著講起他愛聞的小山貓

(四) 代課的數學老師像串仙
　　兩撇小鬍子也仙風道骨
　　他在晚自習氣若游絲說鬼
　　竟是自己的靈異故事

(五) 我們深愛著地理老師
　　她是如此溫柔美麗
　　黑板上的地圖全都因為她
　　而復活

(六) 最對不起化學老師
　　因為大家都在偷看別的書
　　於是他也把臉擋住自己

陽光進行曲

　　沒被選上音樂班，我落寞了很久。

　　那是高一下學期的事，我還未滿十六歲，音樂老師說要挑選幾位同學組成音樂班，我很有自信地報了名，卻在甄選時緊張得發抖。考完後，同學還問我，是不是很緊張，「跟妳平常唱歌不太一樣。」坐在鋼琴前面的老師沒說什麼，她只是瞪著大眼聽我唱歌，然後冰冷地在琴譜架上的筆記本打下分數，「好，下一位。」我在當下即已知道落選。

　　音樂班是一時之選，入選的同學有我們這屆的三大金釵，有我崇拜的音樂女神姑媽，還有當初與我跑去陌生拜訪離校的音樂老師的小威……她們都是才貌雙全又有天分的女孩，而我卻因為緊張失常而落選。

　　或許同學與老師都察覺了我的失落，承蒙大家的鼓勵與抬愛，升上高二後，學校舉行班際歌唱比賽，我被推選為指揮，那令我雀躍不已，從選曲到練唱，每一次都讓我鼓足勇氣追夢──我並非天生的領導者，當時的我又極度缺乏自信，但是我對音樂的熱愛卻足以讓我將自己推向舞台，帶領同學們一起高歌。

　　跟尋常的合唱比賽一樣，我們必須選擇一首自選曲，

各班幾乎是延續了高一合唱比賽的曲目，像是〈在那銀色月光下〉、〈聞笛〉、〈當晚霞滿天〉、〈回憶〉、〈本事〉……等，純情而傳統。但我想來點不一樣的，為此，我跑去找讀音樂系的大表姊商量，最後選定了約翰史特勞斯的〈陽光進行曲〉（又譯〈太陽進行曲〉）。

這首世界名曲的旋律對大家都不陌生，但是歌詞並不好記，對當時還要兼顧課業的我們來說是有壓力的，因為我們只能抓空檔練習。此外，它的伴奏必須採用雙人四手聯彈──我們班的音樂人才並不少，在國樂社學揚琴的 L、為了可以流瀏海而去參加舞蹈社的子弘，兩人的琴藝都是一時之選。至於高低聲部的領唱者，我請阿 Pia 帶領高聲部，音感敏銳、善於即興合音的姥姥則負責低聲部。

〈陽光進行曲〉在奧地利家喻戶曉，它的旋律活潑奔放，原本用器樂演奏的版本譜上詞後，勵志又正向，雖然音域很廣並不好唱，但是唱起來令人五體通暢，十分過癮。我還特別設計了一個開場橋段，讓尼姑拿著小銅鐘，在前奏結束後、人聲開唱前輕輕敲一下，讓開場更活潑吸睛。進入網路時代後，我在 Youtube 上看到有的男聲演唱團體用敲跋取代敲小鐘，不禁莞爾，那和我們當年的版本感覺完全不同。

我們的導師涂萍老師還會幫我們挪出練唱時間，有

時我們會在教室裡練習，快到比賽前就到操場旁的石階排隊形練唱，整個操場都是我們的演唱會舞台。〈陽光進行曲〉一開場就是勵志活潑的，「不管在多麼寒冷的冬天裡，不管在多麼炎熱的夏季裡，天空中的大太陽總是整天哇哈哈，對著我們歡笑……」那個「哇哈」是從低音 Re 瞬間跨越六個音到來到高音 Si，音域一下子拉開，非得使勁肚子用力哈出才行，那當然難不倒熱情如火的咱們班。那樣活潑開朗的歌聲就這麼伴隨著高二的我們好幾個月，迴盪在情人坡的這一頭。

到了比賽那天，天氣很冷，我強忍住緊張的心情，假裝鎮定，上台一鞠躬後向後轉，面對同學們，我比了個請大家微笑的手勢，大家都微笑了，我的心也定住了；往左看，我示意伴奏開始，子弘跟 L 看起來比我還鎮定，負責彈四手聯彈高音部的子弘眼神堅定，讓我也鎮定不少。我們很愉快地唱著，我好開心，只想努力記住同學們美麗的表情。當時為了編校刊無法參加的凱蒂說，「在台下欣賞真激動，我們班唱得太好了！」尼姑在畢業三十年後都還記得，她在開場和最後一段敲了

照片：瘦皮猴指揮全班參加比賽。（涂萍老師／提供）

兩次小銅鐘。

我們最後拿到第二名，到底輸給誰？我一點都不在乎！雖然沒有拿下最佳指揮或伴奏獎，但是團體榮譽至上，這樣的成果，我非常滿意，導師也為參加的同學記了小功。

合唱比賽後的第一堂音樂課，把我從甄選時刷下來的音樂老師講評了我們的表現，她提到我們愈唱愈快，「好像在趕火車」。其實我當時也知道，確實也沒有穩住拍子，或許因此失分，與冠軍失之交臂，然而對我來說，我已經完成了我喜愛的任務，沒有任何遺憾。

升高三後，為了聯考，我們沒有再參加合唱比賽，但有學妹找我去指導她們唱〈當晚霞滿天〉，得了第三名。這樣的榮耀，讓我在離開復中後好幾年都還會夢見合唱的情景。

高二時我們很忙，學校的活動很多，除了合唱比賽之外，令人難忘的還有軍歌比賽。我們班有好幾位同學入選為儀隊，平常看她們操槍演練，威風凜凜，修長的身材令人好生羨慕。到了要比賽軍歌時，當然就是由儀隊的同學負責重任——平常看起來很嚴肅的「劉警察」當指揮，正氣凜然的「老爹」倪寶負責起音，我們又是練隊形又是踢正步的，很有一回事。

軍歌比賽最有看頭的是男生班，當他們唱起〈旗正

飄飄〉、〈英雄好漢〉、〈夜襲〉，真的很有男子氣概。
而我們班自選的軍歌是〈出征歌〉：

「槍，在我們的肩膀；血，在我們的胸膛，我們來
捍衛國家，我們齊赴沙場。統一意志，集中力量。衝！
衝破了一切惡勢力，幹！貫徹了國父的主張。抱定殺身
成仁的決心，發揚中華民族之榮光。」

還記得我們頂著太陽在操場上踢正步、變換隊形，
大家都很緊張，生怕把鞋子踢了出去，也很有默契地在
下一個隊形告一段落時，等待負責起音的老爹英氣十足
地喊出：「槍，在我們的肩膀！預備！唱！」

那個起音實在是太讚了！充滿氣勢又正氣凜然，問
題是音調比平常練習時還要高，當下我就知道大事不
妙，果然，等到我們唱到全曲最高音「貫徹了國父的主
張」時，國父那兩個字已經節節敗退，同學們的聲音都
快不見了，因為沒人唱得上去，只剩下凱蒂扯著脖子獨
撐大局，偏偏又破了音！

太好笑了！我實在忍俊不住，因為我跟凱蒂身高差
不多，她的破音我聽得最清楚。在接下來的比賽裡，我
低著頭，努力抿住嘴來憋笑。最後的那兩句，我們簡直
是士氣低落地含糊帶過，草草收場，而我為了不讓自己
笑場，那兩句完全唱不出來！最後連嘴巴都憋不住了，
只好咧著嘴笑。這在嚴肅的軍歌比賽是絕對不能發生的

事，但我就是忍不住！

　　或許因此，連指揮的劉警察也漲紅了臉，她在大家立定唱第二首歌時，非常僵硬地指揮著，整張臉因為日曬和緊張而紅通通的，指揮的右手臂好像要努力切開西瓜似地用力下刀……我不記得我們是怎麼結束軍歌比賽的，那實在是一場超乎預期、既八股、搞笑又滑稽的比賽！

　　上大學後，我如願加入了學校的合法合唱團，享受正規又具水準的合唱訓練，也在大二時再度站上指揮台，帶領系上參加系際盃合唱比賽，成功拿下名次，但是那好像都不及高中時在山城的胡搞瞎搞好玩。

　　還記得在合唱比賽過後，我在週記本上抒發心聲，我告訴導師涂萍老師，我曾經多麼渴望被挑選到音樂班，那個失落是如此龐大，對當時仍懵懂無知的我來說，我的世界猶如被隕石擊碎般悲慘，但是也因為落選，我才有機會站上指揮台，用最大的誠意和同學們唱出我們年輕純真的歌聲。

　　塞翁失馬，焉知非福。此等莫大恩賜，可謂人生難尋啊！

模範生助選

「由德、智、體、群、美五育成績皆到達一定標準的學生代表中，推選出更優秀的學生，稱為『模範生』。」這是網路上蒐尋到關於模範生的定義，而我們從小被灌輸的觀念是，模範生必須要品學兼優。這可不容易，至少我從來就不是。

高中時班上有許多同學都很認真努力，常常上台領獎的有雲林來的阿粉、國中與我同校的仰仰、很會讀書也很會搞笑的鄧白、不跟家裡拿錢靠獎學金生活的妹妹……她們真的都是好榜樣。

當時學校流行舉辦模範生選拔，也就是每班推舉一名模範生參加全校的模範生比賽，由全校同學投票選出菁英中的菁英。這其實並不容易，因為得想辦法讓自家的模範生打響知名度。那是個男女生班被禁止互相往來的時代，網路又還沒問世，光是怎麼踏進男生教室宣傳就很傷腦筋。

高一時我們班的模範生是一路拿獎學金的「妹妹」美惠，當時我們都不知道該怎麼助選，於是只好靠她自己在競選時表演柳葉琴，我們在一旁敲邊鼓。班上的美術高手芯芯還為她畫了「Q版妹妹」當做競選文宣。芯

芯的巧手打造的還有書包、班徽、校徽……等，為了妹妹而情義相挺，著實感人，畢業後三十年，妹妹說她一直還留著當年的 Q 版文宣。

投票前，每位模範生候選人還得在朝會時上台自我介紹，打知名度，妹妹說，第一次上台面對全校幾百人說話，非常緊張。然而我覺得，公開演講是一回事，讓自己成為吸睛焦點又是另一回事——在我們的文化中，謙沖自牧是傳統美德，低調不浮誇幾乎是每一位從傳統家庭中教養出來的孩子共同的人格特質，但模範生選拔卻要我們打破這個藩籬，把自己推銷出去。天知道這對從南部來的妹妹有多困難！

妹妹落選了。班上有同學因此怪罪，有些同學平常形象不佳，拖累了模範生。當時大家年紀小，不懂得運用戰術，只能胡亂推測與怪罪，到了高二時，我們有了經驗，才比較知道如何應戰。

高二時我們一致推選鄧白做為全校模範生候選人。她是個非常努力的學生，總是默默地讀書，然後用很搞笑的方式跟同學互動，人緣非常好，唯獨競選模範生這件事讓大家壓力很大——女生班的票源看似沒問題，因為住校的同學多，大家都認識，但是各班都有自己的代表推選，應該不會有人輕易跑票。於是我們採用的戰略是組成超強助選團，到各班拉票。

　　拉票就得使出十八般武藝了。助選團有我、阿 Pia、貴妃和 Fellow。Fellow 是咱們班最帥的女生，她的個子高高的，有著俏麗的淺咖啡色自然捲短髮，眼睛很大，睫毛又長，來自大溪的她曾經帶黑豆干來請我們吃，但是她最棒的是歌喉，她的低音渾厚有磁性，像蔡琴。於是，我們這支助選團就一點也不浩蕩地往男生班出發。

　　那陣子的男生班應該都很熱鬧，因為非常罕見地有女生出現在禁區——要知道咱們校長是嚴禁男女同學往來的，我們幾個女生怯生生地闖進男生班，怯生生地走向台，又怯生生地介紹鄧白給男同學認識。鄧白總是非常害羞，平常搞笑的那面都藏在她緋紅的雙頰裡，妹妹頭瀏海下的一雙眼笑成月彎，話非常地少，不外乎是請同學們多多支持之類的客氣話，毫無侵略性，一種「不好意思到貴寶地打擾了啊！」的意思。

　　接下來就得靠助選團了。嬌羞的貴妃主唱客家山歌，不但跌破眾人眼鏡，也跌破她自己的。三十年後回想，她說，當時不知哪來的勇氣，「竟然跟著妳們去男生班唱客家歌。」我跟阿 Pia、Fellow 也很怯場，那畢竟跟大家一起壯膽的全班大合唱不同，我們選唱的是劉家昌跟尤雅的男女對唱情歌〈在雨中〉：「在雨中，我送過你，在夜裡，我吻過你……」Fellow 負責唱男生版，我跟阿 Pia 唱女生的部分，說實在的，在男生班唱這歌真的滿怪

的，但以我們當時的誠意就只能這樣了。而且站在台上得想辦法避開男生的目光，垂目唱歌的模樣應該很奇怪吧！

我們就這樣跑了好幾場，最後，鄧白沒選上。

大家都盡力了，也沒有什麼好責怪的。鄧白沒選上，不代表她就不是模範生。不是嗎？

在那個偏重智育發展的年代，書讀得好、常常上台領獎就算是好學生了。我很清楚自己讀書不得要領，我的光譜落在才藝的那一端，能夠在模範生選拔活動中跨進好學生這端的世界，純屬意外。

鄧白後來一路靠著自己的努力，賺錢到國外讀書，卻在三十八歲那年因病過世！英年早逝，令我們相當遺憾與不捨。妹妹後來有了自己的公司，在東部買地種稻，既孝順也懂得生活。貴妃進入教育界服務，但我想她應該不曾在課堂上唱山歌了。Fellow 則是在高三時轉學，逐漸與我們失去聯絡，畢業後三十年，再回首已經很難覓得芳蹤……

人生的際遇很難說，誰能蓋棺論定誰是優秀的？誰又是典範？模範生是社會化過程中大眾價值觀的投射，但其實我們都不需要這些標籤，不論是好是壞，我們最終所須面對的都是心中的那把尺，而不是迎合別人手上的那一把。全然接受自己原本的樣貌，不論美醜好壞，

都是獨一無二的珍寶。然而三十年前沒有人想那麼多，
在那個純真年代，我們只是很單純地愛著我們的同學，
希望更多人看到她們的美好，如此而已！

自由時光

　　我們在桎梏的框架裡，尋找靈魂的出口。

　　那是 1980 年代，多數的高中生不知道美麗島為何物。往前回推到 1977 年，有一天母親在我出門學鋼琴前彎下腰來小聲對我說：「練完鋼琴要趕快回家，不要到處亂跑。」我不知道「中壢事件」剛發生。我們的成長過程缺乏了對左派言論的平衡了解，對於社會中某種刻意低調的氛圍缺乏敏感，因此當三民主義老師在台上慷慨激昂地陳述國共內戰、毛匪之無可饒恕，以及俄共時代如何實施假民主……我在下課後竟然跑去找老師，自動要求「入黨」。

　　我們活在一個被框架、塑造的「簡單」年代裡，如此無知地以為那就是單純與美好。我們的人生被化約成一個簡單的目的——考上大學，其他的都不重要。在規律的生活中，我們有時不自覺地走向左派，探索禁忌的邊緣，然後識相地向右修正回來。修正，有時只是為了不讓自己惹上麻煩，付出更大的代價而已。

　　但多數時候，我們不想想那麼多，能睡飽、有張不差的成績單以慰江東父老，就該額手稱慶了。但是當人生追求的目標過於單一，接踵而來的壓力便很難消化，

因此，偶爾的「自修課」便成了我們的小確幸。

當小確幸來臨，同學們最喜歡做的，就是推人上台表演，這樣的自由時光簡直是無政府狀態，同學們釋放了情緒、才華與熱情，我們只是沒人來幫我們架設舞台，否則精彩程度絕對不下於「星光大道」。

我只要被拱上台，必定唱英文歌——開什麼玩笑！當年留著小鬍子的「余光」主持的西洋節目，我可是扒飯配著看的。那時最流行 Air Supply 的情歌，每一首歌我都滾瓜爛熟；我的招牌歌曲還有 Sheena Easton 的〈Almost Over You〉，當紅情歌〈The Power Of Love〉的高音也難不倒我；老式情歌（或經典老歌）隨便點，我的花癡情懷在一首首的情歌中有了出口，絕對感人肺腑。

高一到高三，班上的歌后還不少，我包走英文路線，同學「黑青」的廣東歌唱得字正腔圓，還有人會唱黃梅調，把《戲鳳》裡的男女調情橋段演得活靈活現，咱班上還有同學因此綽號叫「大牛」。客家山歌是貴肥的招牌，她總是羞赧地低頭笑著，在同學們的起鬨聲中半推半就地被拱上台，她唱起客家山歌有一種嬌羞感，大家喜歡看她的千姿百媚，客家話很難聽得懂，但她柔細嬌媚的歌聲和表情很有看頭，「貴妃」之名不脛而走。當然軍歌也是某些同學的強項，只是，在珍貴的自由時光

裡，軍歌不會在熱門排行榜之列。而在百家爭鳴的廝殺之中，唯有「苦瓜」的異軍突起最令人驚呆。

高高瘦瘦的苦瓜非常用功，或許因為苦讀的關係，她沈默且淒苦；但苦瓜其實飽讀課外書，特別是埃及的歷史典籍，她涉獵既深且廣。每當苦瓜一上台開講，所有的人只能以靜默來表達對她的崇敬與讚嘆——金字塔的奧祕、埃及法老王的殘暴與奢華、木乃伊的製作與詛咒……苦瓜如數家珍！我總以為，她肯定常常在教科書裡夾了埃及書偷K，或者她前世就是個埃及祭司，這輩子只是來重建記憶而已。後來，台灣風行談話節目，經常找來賓高談闊論古文明或外星人的祕密，我都不覺得他們比我的同學苦瓜說得精彩。

當這個世界殘酷地將我們均一化、標準化，還好我們在青春期曾經擁有零碎的自由時光，那允許了我們釋放才能，暫時擺脫體制強加在我們身上的平庸感，帶來些許渺小的歡樂與希望。

但是那樣的自由時光隨著聯考的逼近也變得少得可憐，宿舍熄燈前的晚自習更安靜了，同學們不再流連於黃昏的情人坡，而是拚命往圖書館跑，大家用非常嚴肅的態度面臨大學聯考。後來，我們有了化學課。化學老師的年紀很大了，瘦瘦黑黑的，背都駝了，連聲音都是沙啞虛弱的。同學們不知道從哪兒打聽來的消息，班上

開始流傳著一個耳語：「化學老師的課可以看別的書！」於是，在開課的第一天，每位同學抽屜裡都藏了其他科別的課本，等化學老師坐下來朗讀課文，同學們就開始做起自己的事來。

我們以為他不在乎，但我坐在第一排看得很清楚——他用課本擋住自己的臉，不想看到台下的人在做什麼，近乎自言自語地上完一堂課。那讓人很不忍心，看見這樣一位畢生奉獻給教育的長者，用消極的方式面對淘氣的學生，一切只因為聯考至上，誰叫文組的學生大學聯考不用考化學呢？

有時，化學老師會帶孫子來，孫子乖乖地坐在旁邊玩，老師繼續擋住臉讀書。直到有一次，他突然再也忍不住，在讀課本時冒出一句：「同學們上課不要看其他的書。」但是他並沒有把書從臉前拿走，或是憤怒地站起來一一處分我們，狂掃每個人抽屜裡的小說、他科讀本或參考書，他只是非常平和地表達他的看法，好像只是在解釋化學公式時隨意說了題外話一般，無關緊要與輕重。他在說完這句話後停了半晌，像是忍住怒氣似的，默默地消化掉怒氣，然後繼續無奈地讀完當天的課程。

化學老師依舊十分慈悲地給了我們好成績，沒有人因此被當掉。升高三後我們幾乎失去了所有的課外活動，不用參加運動會、合唱比賽、軍歌比賽，操場上校

園裡所有的精彩都與我們無關，我們這些文組的學生也不再需要上聯考不考的理科。這讓我們的生活重心變得單一而乏味，活著的目的就只有讀書而已。

　　我們從求學時期就開始學習社會化，接受自己被主流價值觀形塑的必然過程，且無力抵抗。在結果來臨之前，沒有人知道自己將會成為菁英或庸才。只有在那些極少數的自修課裡，我們可以放下努力生存的緊繃心情，單純地坐在那裡看同學表演一首歌曲、講幾句笑話、聊聊書本以外的世界，扒開好學生的外衣，好好做自己。這樣的自由時光在我們的一生中是如此珍貴，我深刻地記住了，也賦予了它意義，而同學們可還記得嗎？

《石階》

我們都曾坐在那裡看人
沁涼的夏夜裡石階最美
我們可以在晚自習的空檔
在宿舍熄燈前
在滿天星斗下
賴在石階上高歌
說說這那
聊聊人生最輕柔的
煩惱與苦楚

小蝦來了——相遇朱天心

　　山城優美的環境非常適合對世界仍懵懂無知的我們追夢，未來的藍圖或許還不清晰，但至少已經約略有了方向。我們究竟有多懵懂？猶記得當時跟土匪們談未來，辛可說要當商人，大熊要當醫生，老杜最好玩，「你們幾個幫我弄一家摩托車行讓我來經營好了！」這些志願後來都沒有發生，路都往別的方向走去。

　　我在高一時的志向是考音樂系，後來修正為當記者，但又不是那麼確定，對記者的工作也不是那麼了解，我喜愛寫作，喜愛藝文創作，喜愛英語，也喜愛文學，這些嗜好加總起來，便讓我成為一個教科書讀得不怎麼樣，才藝卻多方發展的「文青」女生。

　　當時，復興高中最精緻的流通品就是校刊《復青》，每期刊登了新詩、散文、小說及畫作，令我愛不釋手。高一時我一度嘗試將我和辛可、周 Pia 的故事寫成小說，投稿《復青》，未能入選；即使那是不成熟的作品，卻未能影響我持續書寫。我幾乎是以不間斷的毅力在高中三年持續寫日記和手札；同學們知道我愛寫東西，也會送我手札本當作生日禮物，日記的書寫在當時或許是為了發洩情緒、抒發煩惱，然而在三十年後看來，卻充滿

著成長的軌跡，我更能爬梳清楚這一路走來的困惑與迷惘。

　　復中位處城市邊緣，我們若想逛書店，最佳的選擇就是搭公車進城到台北車站或士林。課外讀物是我苦悶的 K 書生活中的最佳調劑。例如，我會在讀不下三民主義申論題時，跑去讀白先勇的小說；二哥的藏書也是我囫圇吞棗的對象，書架上好幾排的世界文學名著很多是志文出版社所發行，以明體六級字（還是四級字？）的超小字編排，密密麻麻地成書。當時我讀卡夫卡、卡繆，幾乎是生吞活剝，翻譯文學裡也讀《傲慢與偏見》，或是比較小品的哲學類書。

　　當時幾乎是家裡有什麼書，我就讀什麼書，也就是跟著比我年長四到八歲的兄長們讀他們的藏書。鹿橋的《未央歌》是當代鉅作，沒有人不愛描寫校園生活的文學作品，但我更愛的是他的《人子》，充滿真理的寓言故事令我愛不釋手，品味再三。我也開始看張愛玲，但當時更親切的是張曉風、琦君，她們溫暖、細膩、有情的筆觸大大影響了我；當然還有從小就愛的三毛，可以反覆翻閱她的作品，流淚、大笑而不厭煩……我經常在日記裡開書單，計畫著週末要去書店找哪一本書，心靈的食糧在資訊低度流通的當時，著實給予我不少慰藉。

　　那時我們都愛席慕蓉，她的詩充滿濃郁細膩的情感、

對青春的喟嘆，以及對時光流逝的無能為力，而那令「為賦新詞強說愁」的我們愛不釋手——

> 「我曾踏月而來
> 只因你在山中」（山月，1977）

> 「還記得那滿是茶樹的丘陵
> 滿是浮雲的天空
> 還有那滿耳的蟬聲
> 在寂靜的寂靜的林中」（青春之二，1979）

> 「假如我來世上一遭
> 只為與你相聚一次
> 只為了億萬年光裡的那一剎那
> 一剎那裡所有的甜蜜與悲淒」（抉擇，1979）

　　我們在寢室的書桌上讀她的詩，在教室的抽屜裡藏著她的書，在課本的某個角落裡抄寫她的詩句，或是在信步於情人坡上時，一句又一句地如春蠶吐絲般反覆呢喃她的情詩。直到多年後我才發現，她的第一本詩集《七里香》初版於 1981 年，第二本詩集《無怨的青春》初版於 1983 年，只比我們的大屯歲月早幾年而已。更重要

的是，她的老家也在北投山上，與我們混過的土匪窩很近！原來，我們曾經與詩人呼吸過一樣的空氣，感受過同樣的日照，見過同樣的月色與星空。毋怪乎我們如此愛讀她的詩！

高三那年，在校刊社的推動下，學校邀請到文壇新星——朱天心來學校演講。朱天心是我們最喜愛的作家之一，她的《擊壤歌》、《昨日當我年輕時》是我年輕時百讀不厭的著作。朱天心的到訪是令復中人雀躍的大新聞！

我還記得那是個週六下午，學生擠爆了會場，當時朱天心已經在台大就讀，她穿著鵝黃色的毛衣、牛仔褲，活力現身，她的長髮燙得捲捲的，像個可人的大女孩，一開口竟是細緻的嗓音，令全場驚豔。她說了什麼，我已經想不起來了，只記得校刊社的一位同學是朱天心的舊識，才有辦法促成此因緣，她在開場時向大家介紹斯人斯事，並以朱天心的小名「小蝦」稱呼她，那樣的開場令所有的人感到興奮，能與我們崇拜的新銳作家近距離接觸，更是讓我們這些非明星學校的大孩子受寵若驚。

那天演講結束，我們下山搭車回市區，公車很擠，上車後就看見「小蝦」坐在前面的位置，她可能是走到前一站搭車。復中人一下子就塞滿了車廂，擠到小蝦也

不得不側身調整姿勢，我看見她一路微笑著，看著窗外，窗戶開得大大的，她的雙手優雅地放在大腿上，背挺得很直，鵝黃色毛衣襯托出她的不凡氣質。她是如此好整以暇地融入嘈雜的車廂裡，偶爾偏頭閃躲隨公車行進晃來眼前的大書包，如此清新脫俗。

我也在那班公車裡，默默地向我的偶像行注目禮。

小蝦旋風結束後，我們繼續回歸平靜生活，但一切或許已經變得不同。高一投稿《復青》失敗的我，從來沒有想過，有朝一日也能出書，朝作家之路邁進。2000年，我出版第一本個人著作《一個人的旅行》，爬梳人生足跡；那時我青春正豔，但已確定寫作不但是我此生的最愛，我也將持續書寫下去。

2017年，我重讀席慕蓉，初版一刷的《七里香》已經找不到了，我重新上網訂購，時移事往，當年的暢銷書已經成為長銷書，那日，年屆中年的我，像個農忙後歇息的老農，搬了板凳坐在父親工作室的後門，在陽光下一頁頁地朗讀詩作。我甚至帶著席慕蓉的《無怨的青春》到醫院等門診，當周遭盡是如我般初老或垂老的、受肉身所苦的靈魂，年輕時喜愛的詩句竟然發揮了不可思議的療效，而我竟也能在候診時寫下一首詩──

《重逢》
在漫長的等待中
讀完一本詩集
詩裡有我年少的記憶
以及我喜愛的墨綠色書綠
我在心裡朗讀著詩句
猶如那閏春燕啁啾的季節
十六歲的我散步在情人坡上
呢喃著一句又一句的
席慕蓉

啁啾聲消失得太快
耳畔響起的已是
診間跳號的叮咚聲

護理師親切地說
妳等一下就進來
我知道妳已經等很久了

歲月教會了我耐性
跨越時間的長河
年少與初老竟在
同一本詩集裡相遇
而我們早已與青春
失之交臂

（2017.10）

165

　　我們在復中成為文青，班上好幾位同學在畢業後進入媒體工作，也有為數不少的同學成為老師，當年《復青》的總編輯凱蒂如今在明星高中教國文。我們都記得作家簡媜是我們的學姊，而「小蝦」朱天心的女兒也已在文壇嶄露頭角。就像凱蒂說的，「歲月的書翻頁得太快」，我們當年在宿舍交換看課外書的記憶還那麼鮮明，《七里香》竟已四十二刷了，而我對文學與寫作的喜好至今未減。或許掀開層層肉身，我的靈魂猶仍徘徊在十七歲的山城，朗讀著幽遠的詩句吧……

卷三

跨越情人坡

請你留在十七歲
好讓我在孤獨時
可以開啟記憶的大門
和十七歲的你說說話

老榕樹與情人坡

　　樹是山城最美的靈魂，情人坡的這一頭，流水承載的彼端，坐落著兩排女生教室與女生宿舍，像是為女生架設防護網似的，這一區的樹種植得最多，在炎炎夏日總有沙沙的風吹聲撥動著樹葉，煞是好聽；蟬鳴響徹雲霄，熱鬧卻不喧囂。那時，還有校狗小癩皮穿梭其間，或憩於樹蔭底下，或坐臥在教室的長廊，世界一片祥和。上大學時我學聽西方聲樂，每當我聽見舒伯特的〈冬之旅〉，唱到對故鄉的孺慕之情，我總會想到復中的美麗小森林。

　　從女生教室走出來，站在情人坡望向操場，就是司令台了，面對司令台的右邊也種了一排樹，守護著後方枝葉輕掩的小屋──那是老榮民校工住的宿舍，單身的他們當時約莫五、六十歲，夏天時常著汗衫在屋外乘涼。一回，我在傍晚溜達到那兒，忽有校工伯伯從屋裡出來，遞給我幾顆相思豆，那是我第一次見到書本裡「紅豆生南國，春來發幾枝」的紅豆，於是

驚喜地低頭想要尋找更多，校工見怪不怪，我卻因此大大著迷。

　　在接下來的幾天，放學後都往那兒跑找豆子。相思豆不常有，尋豆時往往也是我放空時，年少的我，總愛為賦新辭強說愁，敏感多情又脆弱；一回心情不好跑去找豆子，邊找邊掉淚，被老校工看見，他沒多說什麼，只給了理解的眼神，就往屋裡走去。相對於顛沛流離的滄桑，十幾歲小女生的煩惱算什麼？

　　多數時候，我待在操場的這一頭，情人坡的下坡處，女宿與教室之間，活在自己懵懂無知的世界裡。

　　情人坡上的老榕樹，是男與女的楚河漢界，男生走到這裡就得止步了，否則意圖太明顯。我們的校長，大家都叫他「地中海」（取其頂上毛髮稀疏之意），非常不喜歡男女同學講話，榕樹旁就是行政大樓，「地中海」有時會在頂樓的辦公室打開窗戶往下大喊：「那個同學！男女同學不要講話！」他的鄉音太響亮了，每當他一吼，老榕樹下的同學們便一哄而散，落荒而逃，活像被拆散的鴛鴦。

　　我們都很愛這棵老榕樹，它不知從何時開始就已經佇立在山城，它的枝葉是如此茂盛開闊，像母親般包容著年少的我們。夏日時分，榕樹葉隨風沙沙作響，散發著溫柔的韻致，古老的氣根像鬍鬚般垂降而下，也像千

隻手撫慰著充滿迷惘的我們。情人坡上總是遍地灑落著榕樹籽，輕輕踩下，便是柔軟的破裂，一如我們渺小而脆弱的世界⋯⋯沒有人不愛它，它像是我們的金鐘罩、防護傘，全然地了解與接納我們。

我們女生會站在樹下閒聊，順便偷瞄操場上的男生，有時候從教室望去，就可以看見男女同學在樹下謹慎地交談，誰跟誰說了話，也往往成為同學們茶餘飯後的話題。比如說Ｌ，班上的漂亮女生，被同社團的一個男生長期愛慕，從高一到高三，男孩一往情深，Ｌ卻從不表態到底愛是不愛？我們霧裡看花，跟Ｌ聊到他時，她總是嫣然一笑，小而細的雙眼閃閃發亮，非常神祕。只有一次她露了口風，說對方「會用明星花露水」這有限的資訊令我們十分詫異，成為那一陣子茶餘飯後的更新話題。有時，Ｌ會在榕樹下和他會面，我們遠遠地看著他們愉快聊天，Ｌ臉上盪漾著笑意，男孩看來十分緊張，而Ｌ走回來時依然對所有的發展守口如瓶。我總羨慕她的泰然自若，一方面享受著男生的傾慕，一方面還能名列前茅，真是高中女生的完美境界！

情人坡上的老榕樹更是老實男的救贖。他們總會想盡辦法把心儀的女生約來這裡，說個幾句話也好，或是神色緊張地把練了好久的話勇敢說出來。我的同學「狼人」也被一位男生所深深傾慕，偏偏眾人每每想要阻擋

他的意圖，並且常常提醒狼人態度要清楚分明。有一回，深情男約到狼人，同學們都見到他們在樹下相會，擠在窗邊偷看他們在幹嘛，同社團的女同學為此叨念她許久；直到又有一次，「地中海」撞見狼人與深情男在樹下交談，非常嚴肅地警告狼人：「不可以跟男生講話！」狼人轉述此事時，尷尬地摸摸自己的鼻尖，好脾氣地呵呵笑。

我們太愛老榕樹，以致於十分擔憂它的健康──它出現過不正常掉葉的情形，它的根插在情人坡的柏油裡，搖搖欲墜，同學們甚至在校刊上為它寫詩、作畫，期望它能常伴山城。然而天地之間，總是難逃成住壞空、生住異滅，在我們畢業後便聽說老榕樹倒了，2011 年我重返舊地，老榕樹早已消失，原址豎立了一個裝置藝術，不鏽鋼的雕塑作品勾勒出簡單的樹型，碑上扼要說明老榕樹之生滅，及其對復中人不可替代之意義。原來，它在 1986 年就已倒塌了！

我悵然若失，告訴身邊的男友，我有多失落！不僅老榕樹不見了，從情人坡下來到操場的石階也已消失無蹤，操場被往上高高拱起，昔日復中人舉辦運動會時拉拉隊站的地方、女生閒坐聊天唱歌的石階就這麼成為歷史……我在情人坡上呆立半响；我的外籍男友並不了解我的失落，他丟給我一個安慰的微笑，我們在不鏽鋼榕

樹雕塑前合影留念，他跑去女生教室外面的小森林，攀著一棵榕樹的枝葉，轉過身來對著鏡頭笑了，那笑容多麼燦爛無邪，像個高中生。

那日，我站在女生教室那排榕樹前，追想著昔日的一切——猶記得當年我用隸書寫的「風雨如晦，雞鳴不已」的標語，在我上大學後回校時，還張貼在我們高三的教室裡；我永遠記得，從我的座位望出去，就可以看見老師們走下坡來女生班上課，而我心儀的男孩不知何時才會出現；穿著西裝的「地中海」校長在炎熱的夏天，揮汗從行政大樓跑下來，阻擋我們跟異性講話……我們始終參不透，校長阻擋男女同學互動的意圖為何如此堅毅，如此牢不可破？而我們到底做錯了什麼？我彷彿再度看見，在那個單純的年代，男與女是如何地想要跨越楚河漢界，往性別的另一端追尋，而這一切，只有情人坡上的老榕樹是忠實的見證者。

照片：畢業紀念冊上，幾乎
每個班級都會來跟我們親愛
的老榕樹合影留念。（取自
復中 30 畢業紀念冊）

照片：在我們畢業後隔年，老榕樹被颱風吹倒。如今的裝置藝術是
由校友會所豎立的。（丘光／攝影）

《老榕》

有一棵樹
如母親般溫柔
伴隨著年少的你我
淡淡的迷惘與憂愁
沒有人知道
她佇立多久了
彷彿自無始以來
她便為了等待你我而存在
為了見證所有在此發生的
仰慕 信物與試探而存在
直到我們的母親之樹倒下
也帶走了我們的
青春 韶華與歡笑

十六歲女生的彆扭

　　高一時初來乍到山城的我，對這世界懵懂無知，離開父母豐厚的羽翼，我開始學習探索這世界，我熱情又彆扭，敏感又多情，不論是同儕或是異性之間，我都渴望被接納，然而我既魯莽又衝動，人與人之間的相處總是不得要領，對男孩子更是充滿好奇，卻又不知該如何相處，那樣的笨拙。

　　那時我很崇拜一位高三學長，他在學校小有名氣，任何重大活動都看得到他寫的書法海報斗大地張貼在校園裡，「這字寫得好棒！」每次看到，我都跟身邊的同學這麼說。小學時我練過書法，但不曾學過隸書，這位學長的隸書自成一體，運筆成熟，行氣穩重，每個字都像在翱翔一般，瀟灑極了。

　　同學們很快就知道我對字的主人產生仰慕之情，十六歲生日那天，室友闕姨送我一份大禮——攤開粉紅色的壁報紙，「生日快樂」四個大字從裡面飛出來！我當場尖叫，就是這字跡，讓我朝思暮想著要認識他的主人，闕姨竟然有辦法要到他的墨寶！在我往後的記者生涯裡，我收過許多墨寶，有的出自大企業家之手，有的來自於當代藝術家，也有老校長餽贈蒼勁之作，但唯有

高一時的這份禮物如此溫暖了一個少女的心。至今，我仍收藏著那晚的照片，發育不良的我，拿著有我一半身高長的生日快樂海報，笑得好開心。

照片：青澀的年紀有著單純的崇拜與快樂。
（許斐莉／提供）

　　一切若能停留在那一刻就好了，所有的美好便能永存心中。可惜人總是無法滿足於現狀，我很快就加入書法社，拜學長為師。當時學校裡會寫隸書的女生並不多，拜師之後才發現，原來我不是「師父」唯一的徒弟，社團裡有位高二的學姊Y，比我早一步成為她的入門子弟。瑜亮情結很快就出現，Y和我一樣個子不高，但是她的皮膚非常白皙，白裡透紅的圓圓臉，非常可愛，蓬鬆俏麗的中分短髮剪得恰到好處，像小白兔般可人。只可惜當時我的眼裡只有學長，不懂得欣賞她，加上自卑，很快的就讓師徒三人的關係變得彆扭。

　　社團裡的人也逐漸將情況解讀成「二女爭寵」，事實上，我只不過是渴望偶像多關心我罷了！當時，我煩惱到天天在日記上訴苦，覺得「我怎麼比得上她」、「師父都只跟她說話，都不理我」、「我應該不要再理他們了」……滿紙盡是荒唐言。

　　同學、閨密知道我的煩惱，也想幫我。有一天晚自習下課時，姑媽發現學長師父在打籃球，硬是把我拉過去，又把他喚來，把我們引到操場邊的暗角單獨說話。我的心撲通撲通地跳，緊張到說不出話來，只見師父一臉嚴肅，目視前方，開了尊口：「聽說妳跟Y有心結？」我連忙否認，卻也不知所云，他身上是汗溼的，散發出運動過後的體味（後來我才知道那叫費洛蒙），那使我

困惑也迷惘，加上操場邊的暗角讓我不安，女生宿舍又快晚點名了，我們便匆匆結束了無味的對話。

我與 Y 的心結後來如何打開的，我已不記得，我的日記上記載著，在某日接到了 Y 的來信，「我和 Y 之間的誤會已經化解了不少，倒是師父，別想要我對他和顏悅色！」

事實當然不是這樣。我繼續做個討拍不成的小粉絲，在社團裡觀察他的一舉一動，假裝不理他。

還記得一回黃昏，我下山買洗髮精，竟然在雜貨店裡與他狹路相逢，我游移在一排又一排的置物架後方，閃躲他，卻又偷看他在幹嘛；偏偏他老是杵在收銀檯前，和人漫無止盡地述說彼此的人生。我拿著小菜籃在裡面晃啊晃，晃到快發霉了，只好硬著頭皮去結帳。他摀著嘴，笑得像個老榮民，有點不好意思地遮住那排不太整齊的牙齒，問道：「妳買什麼呀？」我很快地把小菜籃裡的 566 翻過去，遮住標籤，「沒什麼！」我說。他瞄了一眼東西，狐疑地看了我一眼，還在笑，而我只想鑽進地洞裡──平常我可是用比較高檔的「蒂慕蝶」的呀！

那是十六歲女生的彆扭，可以為了微不足道的事抬不起頭來。所幸我仍有才藝可寄情──在短短一學期內，我很快學會了師父的隸書，然後回過頭去翻找古人的字帖，像是乙瑛碑、史晨碑、曹全碑⋯⋯等，回歸傳統的

臨帖方式老實練字，也逐漸練出了屬於自己的風格。

　　學長畢業後考上淡江大學，在入伍受訓時與我短暫通信。當時我幾乎每天往行政大樓跑，一樓訓導處前的收發處可以收到來信，每一封信都被放在透明壓克力架子上，無所遁形地昭告天下，誰寫信來了。他的字太好認了！直式標準信封袋上，瀟灑地寫著收件人的名字，於是我便知道他會寫信給我，寫給Y，然而最讓我震驚的是，他寫得最勤快的對象，竟然是社團裡另一位女生！這實在太詭異了，他們是從什麼時候開始變得熟稔的？當然我無權探問細節，卻也茅塞頓開，突然有了現實感，決定終止這荒唐的一切。

　　學長師父從此離開我的生命，我聽說他上大學後一樣寫了很多海報，我想他應該還是像高中時那般風光吧！還記得他畢業時，社團裡有人拿到一本他們的畢業紀念冊，眾人好奇地翻閱，「歐斯麥！妳師父在這裡！」同學喚我過去看。我看見他用了一張側身回眸的照片，高大壯碩的他，背有點駝，頭髮用比平常略長的姿態，像鬃刷般向宇宙豎立開來；為了遮住牙齒而沒有咧開嘴笑，但眼下的飽滿臥蠶掩不住濃濃笑意……通訊地址寫著花蓮的某個小鎮，聽起來既遙遠又陌生；從他的名字與種種背景資料顯示，他應該是國軍之後──我對他的了解實在是太少了！證明這一切都是少女情竇初開的迷

惘。

　　此後，我沒再試圖與他聯絡，多半也是為自己當年一股腦的瘋狂行徑感到羞恥；直到我在 2016 年赴花蓮的那個小鎮採訪，都沒再憶起這個人，我的書法師父就這麼被我遺留在 1983 年的山城記憶裡。

《神秘的警扭》
最怕在山下的雜貨鋪
遇見我師父
棋盤式貨架最難躲藏
醜小鴨和籃子裡的566
無所遁形
"妳在買什麼呀？"
他搗著嘴含糊問道
想要遮掩六大整齊的齒
師徒兩人的對話
明明只像榮民老伯伯
尋常的市場寒暄
偏偏他的一身汗
揮發出刺激的費洛蒙

十五六歲的女生最彆扭
我不想讓男生知道
我用的是566 而非蒂慕蝶
我們的洗髮精和衛生棉
一樣神秘

《早夭的單戀》

他的來信總是比較遲
遲過我書寫的速度
行政大樓前的收發室
連結著千里之外的
新兵訓練中心
正午與黃昏我忠心地等待
郵差捎來遠方的信箋
他的字是如此熟悉
以致於我逐漸明白了
她和她是收件者
她才是他心之所繫
高一女生愚蠢的單戀
於是提前夭折
劃下無奈的句點

184

花癡戀史

　　復興高中的男生之於我可粗分為兩類——迷人的及無感的，前者足以令我神魂顛倒，後者則猶如尋常百姓，分野清楚。不幸的是，我從高一就開始不斷迷戀不同的男生，所幸青春期的我其貌不揚，沒有男生對我感興趣，我也得以不至於荒唐太過。

　　這一切都源自於我的癡心夢想，也是國中三年讀女校的大反彈。我偏好高大的白面書生，外省第二代，他們沒有台灣國語，談吐優雅得宜，諸如高我兩屆的李，怎麼可以長到 170 公分以上？怎麼可以對學妹這麼親切？又如與他同屆的江，高大挺拔，帥氣直逼教官，當時盛傳他與合唱團裡的學姊兩情相悅，學姊是名門之後，有時在校園裡遙望他倆有禮的交談，很是羨慕；江學長畢業時，保送軍校，我還記得他在朝會上受到表揚，穿著軍服的他英氣逼人，向全體師生立正敬禮，驚豔全場。怎麼有男生可以帥成那樣？

　　又如美術社社長魏，其父是表演藝術界名人，當時美術社與書法社常併在一起使用同一間教室，在我們寫字或學裱褙的同時，穿著白色球鞋的他，經常帶著兩個男生同進出。他們不太跟我們打招呼，總是嫌我們動到

了石膏像或畫架，下回再去時，就會看見教室裡貼了字條，有禮卻憤怒地要求我們「不要亂動」，但他們愈是那樣，我們幾個女生愈是故意要不小心碰碰這那，一種暗槓的踢館心態，卻始終跳脫不了小奸小惡。

我不明白，當初為何迷戀魏，和李、江學長比起來，他不算帥，但或許是因為高大之故，加上出自名門的教養，讓他帶有領袖氣質。我的同學小萬則是喜歡嘲笑他的頭型「好像尖頭海鰻」，三不五時會通報我，「尖頭海鰻在打籃球耶！」從女生教室走出來即可居高臨下整個操場，他頂著烈日在籃球場投籃，白色球鞋閃閃發光，耀眼逼人，但我往往不敢多看，因為社團教室裡的字條，傳達的訊息很明顯——他們討厭我們這群女生！

其實，我對那些學長、同學的情愫，與其說是愛慕，不如說是好奇。只是當時年紀小，不懂得分析這些錯綜複雜的心情，只能日日抓著同學們傾訴，或是在日記裡發洩種種失落與迷惘。我的日記裡收藏著好多小字條，那可能是班長小威寫給我的簡單扼要提醒：「切記！此時最好大事化小、小事化無，最好沒事，一切都要以聯考為重！」；或是沉穩冷靜的凱蒂用工整理性的字跡寫的「勸友千言書」，不但為我分析，花癡的原因可能跟國中讀女校太壓抑有關，甚至逐條羅列重點，分析我的個性和優缺點，以及該如何善用優點，克服缺點，扭轉

個性……最幽默的是我們班的模範生鄧白了，她總能在談笑間勸我努力考上大學，「到時候就會有一堆男生等著被妳挑，妳根本就不會想要理會這些阿貓阿狗了！」鄧白當然沒有貶抑那些被我暗戀的復中男孩的意思，她用的是激將法，畫更大的餅讓我可以轉移目標。

事實上，鄧白說的一點也沒錯，在歷經了高中時期的花癡歲月後，我慢慢對男生免疫，甚至在大學畢業後進入了某種潔癖期，我開始修正我所選擇的對象，向父母可能認同的族群靠攏——他們多數是本省男孩，個子也不會太高，有的甚至有台灣國語。或許在潛意識裡，我告訴自己，理想的男性一定不會選擇我，因為我在青春期就已經被他們淘汰了！

為了書寫這本回憶錄，我將高中時的日記從書櫃底層翻出來，像個旁觀者般仔細閱讀那些潦草字跡背後的年少滄桑，我的日記詳細描述與李、江、魏等人的每一次接觸，那些少得可憐的對話，只能化約成日記裡一首又一首的歌詞，在心裡無聲地歌唱。如果當年有 F4 或韓星歐巴，或許可以幫助愛幻想的我發洩追夢的精力。然而有趣的是，在日劇、韓劇進入台灣後，我不曾迷戀過哪個偶像，我已經對迷戀男性偶像這件事完全免疫。

《倒影》
當時怎麼那麼醜
我甚至不想攬鏡自照
總在穿衣鏡前一閃而過
"妳不是金釵或名姬
不會有男孩為妳駐足"
成為我青春期最大的詛咒
醜小鴨的倒影於是幻化成
鈣化了的石像
在每一次的自嘲聲中粉碎
隨風化為微塵

翠嶺路土匪窩

　　圍繞著復興高中的，是一棟棟的山間別墅，有的隔成數個房間，出租給學生，運氣好的可以租到一整棟別墅，而不須與屋主同住，土匪窩就是這樣的一個理想居所。

　　從學校後門往「珠海」的方向走，就是翠嶺路了，山間別墅錯落其間，十分幽靜。高三那年，復中合唱團的保谷出面租下翠嶺路一間別墅的一樓，沿用上一代屋主學長的綽號「土匪」，稱此間為「土匪窩」，成為辛可、老杜、保谷、炸干他們七位兄弟的居所，我和周 Pia、阿毛也會去土匪窩玩。

　　如果學校後門沒開，從前門繞到後山，再走到翠嶺路，等於繞了一大圈，夏天時走到那，往往已是一身汗。土匪們分住其間，去的時候通常大夥都會在，土匪們看到我們來了也不會大驚小怪，這兒就像是我們的窩，而我們是兄弟姊妹。

　　土匪窩極美，庭院裡枝葉扶疏，一棵柳樹伸出牆來，垂柳像紗般包裹著整面牆，詩意無限。推開紗門進入客廳，左邊緊挨著三間房間及餐廳，還有一架老鋼琴；我們常常坐在地板上聊天，有時土匪們會彈吉他，我們便

189

唱唱歌，復中合唱團也會來這邊練唱。

土匪窩也有令人害怕的地方，翠嶺路上有間別墅據說是鬼屋，土匪們有時會自己嚇自己，說半夜讀書時聽到什麼聲音從隔壁發出來，我們去的時候，就會聽他們用很隱晦的態度形容某一晚的靈異經驗。

土匪窩跟隔壁其實並未緊緊相連，中間有條大圳，從山上流到這裡，是以圳溝旁都長滿了茂密的植物，或許是太過茂密之故，就跟隔壁院裡的植物連成一片，更顯陰森。

除此之外，土匪窩的一切都是美好的，有一回同學阿毛動了手術，大熊特地熬了一大鍋雞湯叫我們過去吃，阿毛術後沒什麼胃口，我這配角倒是胃口極佳，一連吃了好幾碗，大熊因而微慍，事隔多年，每當講起這件事情，大熊都還會唸我：「許婆把我煮給阿毛的雞湯給喝光了！」

聯考前的日子總是令人壓力沉重，有時我們三個土匪婆子會去土匪窩跟他們一起溫書，不過效果往往不太好，我們老是忍不住聊起天來，有一次不知誰去買了個大西瓜，一人分食一片，我們就在土匪窩門口站成一排吃西瓜，不知誰開始吐西瓜籽，然後不知誰竟提議，來個吐西瓜籽比賽，看誰吐得遠，這種小學生的遊戲，我們玩得好開心！到現在我都還記得，那天的陽光有多燦

爛，土匪們穿著短褲，光著腳丫，「呸」的一聲把西瓜籽拚命吐到遠方，只要有人吐成功，我們就大笑，青春就是這麼無聊而有趣！

還記得那年我瘋狂迷戀著住校外時認識的一個男生Darcy，整個高三我活在課業壓力與求愛不得的雙重壓力中，有時我會和他一起出遊或只是簡單的會面，任何形式的接觸都讓我雀躍不已。有一晚我穿了長裙赴約，等會面結束，他騎車載我回宿舍時，宿舍已經關門了，我擔心夜歸會受到處罰，只好再跑出學校、跑出大門，祈禱著他尚未走遠，可以像白馬王子一樣回來解救我。「Frog!」我大聲地向夜晚的復興四路叫著我們的暗號，心跳不已，深怕得就此露宿夜晚的大屯山，所幸他從山上繞了一圈下來，非常驚訝地問我怎麼會在這裡，該怎麼辦？依然氣喘吁吁的我，直覺地回答：「快載我去土匪窩！」

Darcy 將我送到土匪窩時，辛可一臉詫異，看到我和他同時出現，不知道到底發生了什麼事……事後Darcy 對我說：「看到他們那麼關心你的眼光，我在想，你為什麼不在土匪裡面找個人照顧你呢？」我因此非常生氣，深深受了傷。

那晚我擅闖土匪窩，讓土匪兄弟們傷透腦筋，該怎麼安置我才好呢？他們打算把最靠近門口的房間空出來

照片：土匪一幫人攝於土匪窩。（老杜／提供）

給我，其他人擠一擠，但任性的我拒絕了，我說，隔壁是鬼屋，我不敢睡。窗外的影子動來動去，看起來可怕極了！辛可他們全都驚呆了，最後由辛可和炸干陪我，我們竟然開著房門，三人和衣躺在地上，安然度過一晚。

這件事我當然不好跟人提，因為同學師長們絕對不會相信，我在土匪窩的那一夜是如此清白，什麼事都沒發生！這也證明了，土匪們是真心疼愛我這個發育不良、身材五短又轉不成大人的小妹妹的，他們當年都是柳下惠。

2010 年，有一天我開車載周 Pia 和阿毛回母校，校園裡的每一個角落都充滿了年少的回憶，「好想看看土匪窩喔！」我們不約而同地想要重回舊地，於是我們驅車上山，沿著復興四路往山上開，繞過學校後面的山路，再往下坡而行，經過男生教室旁的側門──那條路我跟周 Pia、阿毛曾經走過無數次，我曾環抱著 Darcy 的腰際，讓他用他的機車載我去投靠土匪們……車行至翠嶺路，我們努力辨認著似曾相識的別墅，終於，紅色大門映入眼簾，阿毛十分確定地說：「就是這間沒錯！」

那扇紅色大門依舊如昔，太熟悉了！回憶紛至沓來，我們都很興奮，在門外指指點點，討論著從庭院伸出來的枝葉，是否仍是當年的那棵樹。或許是我們的聲音太大聲了，紅色大門突然打開，一名男子問我們在幹什

麼？我們只好據實以告，以前曾經住在這裡，想再回來看看……云云。他笑了，原來是房東！「很多復興高中的畢業生都會回來看這裡。」他說，並且邀請我們進去坐坐。

就像穿越時光隧道般，我們來到了三十年前的土匪窩，一切都沒變，只是屋裡的牆壁重新粉刷了，原本的房間有了新的隔局，而這裡已經不再開放給復中的學生落腳。房東一面沏茶，一面跟我們述說自己的人生，以及何時決定放下塵囂回到山上，過清幽的日子，也收回土匪窩自己住。

那個下午我們談了很多，原來房東也知道，他的別墅被學生叫做土匪窩，至於隔壁那間，讓土匪們證明他們是柳下惠的房子，既不是鬼屋，也不是凶宅，而是某位知名文人的山中別館，純粹只是鮮少回來照顧房子罷了！

那條大圳依舊沒變，而房東竟然主動聊起命理，還幫我跟周 Pia 排了命盤。我們直到夜色降臨，才辭了熱情的房東。在回台北的路上，我們一面討論著當天的奇遇，一面說要打電話告訴土匪們，土匪窩都沒變！

我想起畢業前的某個黃昏，我們在土匪窩聊到即將各奔前程，未來不知道會如何，辛可是老大，他神色凝重地說了幾句感慨的話，我聽了難受，藉口要去雜貨店

買東西，出了土匪窩便開始掉淚。炸干發現了，跟在我身後，善解人意地問道：「許婆你怎麼哭了？」見我尷尬地忙拭淚，他又問：「是不是想到快畢業了，有點捨不得？」我點點頭，走到那間簡單的雜貨店，隨便買點東西，老闆娘看見淚眼汪汪的我，沒有多問什麼，一邊張羅著我要買的零嘴，一邊自言自語道：「我都把自己交給主啊！」

　　多年後，炸干跟阿毛也信了耶穌。在我們畢業後，學弟入住土匪窩，新的土匪和土匪婆子繼續在這裡發展他們的故事，而我對當年的一切記憶依然如此鮮明——那個始終關不緊的紗門、夏夜時嗡嗡作響的蚊子聲、失去父親的保谷如何堅定地說要報考體育系、大熊從家裡端過來的那一大鍋雞湯如何被我吃掉、我們赤腳在馬路上吐西瓜籽，以及每回晚上離開時，我們都會在周 Pia 的「矮油！趕快走啦！」聲中快步從其實不是鬼屋的屋前走過……

　　土匪們畢業後也回去晃過，老杜甚至在土匪窩前拍婚紗，紅色大門清晰可見，那棵楊柳茂盛地攀出牆來，像在祝福著他們，老杜和妻子的笑容幸福極了！那真是土匪窩賜予我們的豐厚大禮！

　　多年後我到香港工作，每當在灣仔的書局看見龍應台女士旅居香港期間所寫的《沙灣徑 25 號》，我都會想

到屬於我們的翠嶺路ｘｘ號！走過世界四十國，唯有它的詩意遠勝過任何臨海別墅或山中別館，因為它曾在我們的青春歲月中留下如深刻動人的時光，那樣的單純、美好與神聖是無可替代的，永遠令我們懷念。

＊　＊　＊

※ 後記

　　為了出版此書，我和 Pia 在 2017 年七月再度拜訪土匪窩。由於距離上一次的造訪已經有七年的時間，丟失了房東張先生的電話，我不確定是否有把握能夠再度順利找到他，告訴他，他的山中別館即將出現在我的書裡。

　　我們竟然迷路了，循著七年前的路線尋找翠嶺路，我們竟然找了兩三遍才找到。不知何故，那個紅色大門看起來變小了，圍牆依舊低矮，攀出來的樹垂著一個個未成熟的綠色柚子。我按下門鈴，卻不確定聽到了鈴聲，一如七年前那般躡手躡腳的試探，我跟 Pia 踮起腳尖往門裡看，「都沒人吊衣服，八成沒人住了！」阿 Pia 這麼判斷。我不死心，又按了門鈴，在門外高聲喚著：「張先生！」

　　屋裡終於有人應聲，房東先生蹣跚而來，一開門，我趕緊自我介紹（是知道七年來自己的容貌也變得不同

了），他都沒變，說他記得，又請我們進屋去，見到我身後的阿 Pia，第一句話竟是：「妳結婚了沒呀？」我們大笑！

那是七年前的默契，房東先生為我們批命時留下的某個預言。但此行的重點是要報告出書一事，希望房東先生能允許我在書中提到他的房子，我們的土匪窩，畢竟是他的。

他慨然同意，沒有任何猶豫。

我們在房東屋裡削水果、喝咖啡，看他練氣功，說磁場跟能量。他又進房間裡翻出我們的命盤，「很多人找我看，我通常看過就燒了！不知道為什麼還留著妳們兩個的。」我們還互相加 LINE，這樣再也不必擔心找不到人了！

照片：錯落的光影照射在土匪窩的牆上。在和煦的冬陽裡發出溫柔的微光。屋子老了，房東也將還鄉，土匪窩的傳奇即將走入歷史。（許斐莉／攝影）

　　那天，不知何故，我再度好奇地探問，當年的鬼屋到底是哪一間？他雲淡風清，說不是隔壁這間，「還要再過去幾間，都改建了！」我無法置信自己的記憶是錯置的，原來當年的驚嚇都搞錯了對象！

　　再跟土匪們提及此事，他們才告訴我，當年就知道哪一間是曾經發生命案的凶宅，他們還曾經在半夜偷偷爬進去探險，被巡邏的警察逮個正著，「我們膽子真大，坐在庭院草皮聊天，也進了屋內一、二樓探險，只是出來時爬下圍牆，被巡邏警察撞見！叫我們在圍牆邊排排站，訓斥我們，學生不好好在家唸書，跑來鬼屋探什麼險！」當年警察的訓斥，老杜還印象深刻；辛可則說，記得進去後還看到裡面留著幾份年代久遠的報紙……就連土匪中排行最小的炸干也跟著去了，我從來不曉得他們這麼膽大包天！

　　如今凶宅早已翻新，在陽光下散發出蓬勃朝氣，過往的歷史早已煙消雲散，而張先生也有意出售土匪窩。我們青春的印記將有可能消失了！雖然非常不捨，然而宇宙萬物總在變異之中，無常也是必然的，非常感恩張先生把土匪窩保藏了三十多年，在我們想要舊地重遊時還看得到！也但願這本書的紀錄能為所有參與過土匪窩的人留下些什麼。一間屋子能帶來這麼多歡樂，皆是所有人的善意所促成的。而我只有無窮的感謝！

《夏夜》

等你從山坡那頭走來
推開羞澀的窗
領我走進夏夜的晶瑩

土匪與土匪婆

　　一開始時沒人是土匪，也沒人是土匪婆子，我們只是在人生剛開始時有緣在山城相遇，沒人想要打家劫舍，或是劫富濟貧。

　　高一時，當時還不叫土匪、土匪婆的我們，較常在山下的真理堂練唱，在炎熱的夏季，我們練唱完就會衝下山，到姊妹冰果室吃挫冰，再一起跳上 216、217、218 的公車回家。團裡的學長又高又帥，學姊也都氣質出眾，他們不是土匪、土匪婆子，我們才是！我們很平凡，在校園裡不算風雲人物，但是對生命是如此熱愛，用自己渺小的誠意經營著自己的人生，而土匪和土匪婆之間的感情，便是這樣地像家人，又像兩小無猜那樣的單純。

　　小高一時（當時我們都稱高一生小高一），一回我跟著土匪們上擎天崗玩，那是我第一次到擎天崗，山上萬里無雲，牛隻徜徉其間，我也像從籠裡放出來的小鳥，在山坡上奔跑。草地上偶有牛糞，就成了奔逐時的地雷和笑點，土匪們卻異常冷靜，只是笑著，不太瘋狂地鬧著。後來山上颳起大雨，所有的人都淋溼了，只能拿起包包頂在頭上做無謂的抵抗，但是大家臉上都是笑著

的。在我往後的人生中也歷經過許許多多的風雨，唯有在擎天崗的那場雨是如此歡樂、如此喜悅地接受天地萬物所賜予的一切，全然接受，毫不抱怨。

　　土匪們的個性都非常內斂，不像我跟阿 Pia 那樣大聲講話、縱聲狂笑、恣意放屁、肆無忌憚，好像在他們

照片：土匪們泡溫泉。（老杜／提供）

面前可以輕鬆做自己，不需要有任何矜持，或是假裝端莊文靜。土匪裡面老杜最安靜，卻也是感情最細膩的，他說話總帶著靦靦的笑意，有點小結巴，例如，他會笑笑地問我：「許婆，妳…妳們上次去，去那個，那個淡水怎麼樣？」毫無侵略性，那樣的彬彬有禮。在畢業紀念冊上，他寫著：「每次見到妳，最喜歡的就是妳的笑聲和親切可愛的態度。」我真的很感謝老杜願意欣賞我如火雞叫的笑聲，但這還不是重點，重點是他給我的建言，與他平日的溫良恭儉讓全然不同：「想做的事細心地想它個幾遍，想通了就不要變，大膽去做！愛妳的杜娘。」每次我看到這段話，總會思量許久，老杜畢竟是了解我的，而他也比外表上看來更為勇敢灑脫！

土匪窩的二房東保谷也是內斂穩重型的，他似乎是最清楚自己未來志向的土匪，高中時喪父，保谷早熟而懂事，很早就在規畫自己的未來——當時，他如果不是在土匪窩，就是在操場上跑步，他始終用他的穩重性格面對周遭的一切。畢業後保谷順利考上體育系，而我們幾個落榜的土匪與土匪婆，則是一起進了南陽街重考；在步入社會後，土匪們各奔東西，忙於家庭，只有保谷是最常露面、參與聚會的土匪代表。

我們之間雖然像家人般，卻也有偶爾擦出小火花的時候，辛可在高一時對阿 Pia 告白，跌破眾人眼鏡，我

的日記上忠實紀錄了他們之間的發展，包括辛可如何告白、阿 Pia 如何回應、兩人如何透過我傳字條溝通告白這件事……那次的告白後來被阿 Pia 以「維持兄弟關係」定了調，兩人之間也沒再尷尬，成為一生的好友。

高二時因為重新分班的關係，阿毛來到我們班上，她濃眉大眼，身形纖細，鵝蛋臉襯托出立體的五官，個性冷靜卻隨和，阿 Pia 跟阿毛成了閨密，Pia 也把阿毛帶到土匪的圈子裡。

土匪們都喜歡阿毛，毛雖然不是合唱團的，但是天生歌喉不錯，有一次在土匪窩，眾人要她試唱一個高音，毛一開口就是一個嘹亮的共鳴，眾人拍手叫好，毛就這麼自然地進入了土匪與土匪婆的圈子裡，毫無違和感。

至於我，醜小鴨的我，大概只有土匪們懂得欣賞我的活潑可愛了，例如炸干，土匪中年紀最小的，我們後來重考時，在眾人的起鬨下，炸干糊里糊塗地告白了我，在驚慌失措之下，我竟然逃跑了，那對他造成很大的傷害。所幸多年後，他找到了很好的人生伴侶，生了兩個小炸干，相貌體型活脫是炸干的翻版，看見他們一家子的幸福模樣，我也感到非常寬慰。

每當回顧我的高中生活，我總是感謝老天賜予我們緣分相遇，在大學畢業後那幾年，土匪們像是擔心遲了會不吉利似的，競相完成終身大事。辛可進入公職，老

杜當了職業軍人，保谷如願成了體育老師，大熊進入專業潛水領域，而我跟 Pia、毛都不約而同進入媒體工作，有好長一段時間，大夥都不太聯絡，直到社群網路又把大家找了回來。

在我的畢業紀念冊裡，夾了一片松樹的葉子，我已經遺忘它來自何方，在那個扉頁，保谷工整的字跡寫著，「每當我心情困頓時，我喜歡一個人吹著口哨，更喜歡淋著北投的雨，想著全部的人，想著全部的事，那是多麼愜意！好喜歡大屯山，好喜歡每一個人，我喜歡妳天真無邪的笑容，喜歡妳唱歌，也喜歡妳偷偷的哭，不管怎樣，我們永遠都是好朋友！PS. 我不知所云，還請見諒！」每當我翻閱至此，總泛起微笑，對內斂敦厚的土匪們來說，用言語表達內在感受是多麼不易啊！

我深深地相信，土匪與土匪婆之間最美的，無非是年少時如此真誠無偽的相互對待。那樣的人間至寶，千載難逢。謝謝你們！我的土匪兄弟姊妹們。

照片：土匪們在畢業時留給我的文字，充滿誠摯的溫暖。
（許斐莉／提供）

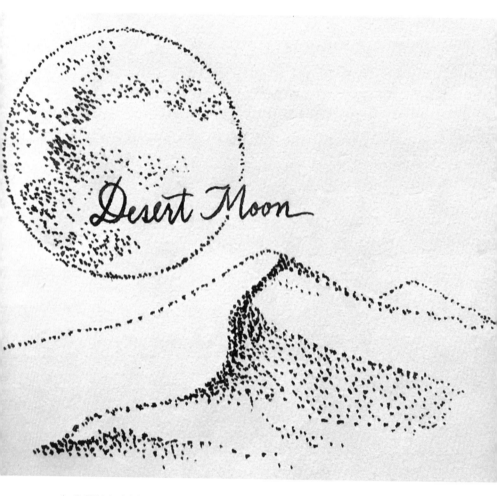

在我們的年輕歲月中，飄盪著許多令人難忘的旋律，例如 Dennis
DeYoung 的〈Desert Moon〉。

親頻事件

　　就像現在的孩子不能沒有五月天或蘇打綠，1980 年代的我們不能沒有 Eagles ──有誰拒絕得了熱情澎湃、歌詞又弔詭難懂的〈Hotel California〉？

　　那時我們都用愛華牌隨身聽，戴著像反過來的聽診器的耳機聽 ICRT。出道沒多久的瑪丹娜用娃娃音唱著「Like a virgin. Hey! Touch for the very first time!」我們跟著瑪丹娜一起唱那個「嘿！（Hey!）」覺得好玩，對於歌詞中的性暗示有著天真的無知。

　　我們聽 Michael Jackson，彼時的他還沒有開始瘋狂整型；同班同學小萬會幫我在課本的空白處抄寫〈Flash Dance〉的歌詞；我們唱的英文歌多半是情感隱晦的，唯有〈Hotel California〉是如此超齡而難懂。

　　從我們入學後到 1987 年台灣解除中學生髮禁，其實時間已不遠，然而當時的我們還無法預知會有那樣的變化。1983 年，初入復中的我們必須面對嚴格的服裝儀容標準──女生制服沒有什麼使壞空間，頂多只能把腰上的布料捲兩圈起來讓裙子變短一點，進學校時再放下來裝乖。我膽子小不敢這麼做，有一年入夏時換了夏服，我碰到合唱團的男同學老杜，問他我穿裙子好不好看，

老杜的回答竟是：「裙子可以再短一點。」沒有人喜歡看青春洋溢的中學生變老太婆！膽子大一點的女同學會故意把袖子捲短一點，讓制服看起來沒那麼呆板，是以教官能在我們身上做文章的，就是頭髮了。

復中的髮禁已經比我唸國中時寬鬆許多，但是依然要求長度不能超過領子，瀏海要夾起來，中分或旁分並沒有硬性規定，然而我已經在國中三年受夠了「中分夾子頭」，一心只想留瀏海，瀏海就變成了我的小叛逆——我有時中分，有時旁分，就算夾起來，也要抓幾根短一點的頭髮蓋住我高聳的額頭。剛入學時，一回教官慎重其事地來抽查，她當眾嘲笑我：「妳額頭上的這幾根還沒我額頭上的長，留著有什麼意思？去把它夾起來！」但我硬是不肯，此後只要見到她就躲。

男同學其實也沒有什麼使壞空間，頂多就是把卡其制服的顏色刷白一點，有的人會跑去中華路訂作窄版小喇叭褲，讓制服穿起來更帥；那時很多人都會覺得，卡其上衣背後燙了三條直線的男生都壞壞的，他們的大盤帽會刻意凹得翹翹的，看起來比較沒那麼呆板。相較於這些比較勇於挑戰體制的同學們，我堅持不把瀏海夾起來又算得了什麼？

上高二後，學校不再把檢查服裝儀容這件事當做重點，他們更在意的是「男女授受不親」。有人說，男女

同學只能在行政大樓前交談，通勤的男女同學隊伍也得保持一百公尺的安全距離；我因為住校，也參加社團，對這部分的感受並不強烈，但是校長確實不喜歡男女同學互動，經常在朝會上耳提面命男女生應保持距離；校長家就在女生教室和女生宿舍旁，因此女生班每天都在他的必經之路上，他對我們非常親切，我們卻無從了解他嚴禁男女同學正常互動的真正原因。

但是這都無法阻擋我們跨越禁忌的長河，往河的彼端探索。我們有社團可以認識異性，男女同學找人傳話、通信也很稀鬆平常。校方對於我們的缺乏信任，累積在我們心中，這種敢怒不敢言的情緒，終於在我高三那年爆發。

這一切都跟校慶有關。每年的校慶是各社團展現成果的機會，從高一開始，我們每年五月會塞進大禮堂中正堂準備看表演，重頭戲絕對是吉他社，因為他們一定會演出 Eagles 的〈Hotel California〉當做壓軸，那太經典，太熱情了！特別是結尾的電吉他 solo，所有的人都如癡如醉，跟著點頭打拍子，中正堂的屋頂簡直快要被掀開，我不知道每年校慶時「地中海」校長在不在現場，但教官肯定是繃緊了神經。

過了三十年，許多人都忘不了親頰事件發生的那一刻，但我記憶所及卻都沒有親臨現場的部分，或許是因

為升高三要準備聯考的關係，總之我有極大的可能當時不在現場。然而，關於事件的本身是如何發生的，即使在三十年後，許多人的印象依舊鮮明──小我一屆的學弟小馬，既是軍樂隊也是吉他社成員，他說，當時那首將氣氛炒到最熱的曲子並不是〈Hotel California〉，而是當年紅透半邊天的 Wham 合唱團所唱的〈Careless Whisper〉。

小馬認識男主角：「他從以前就很帥。」那年校慶，吉他社表演完後有女同學上台獻花，因為一個熱情的動作而造成轟動。根據當年 1985 年 5 月 28 日的《民生報》頭版頭條報導，「兩位男女同學上台向表演的同學獻花時，男同學吻了女同學的臉頰，女同學吻了男同學的臉頰」，這樣的描述很隱晦。人在現場的學弟 W 記憶更生動，他看到獻花的女同學「獻完花後倒退幾步，之後又迎向前，飛快地獻了一個吻。」這突如其來的舉動立刻引起一片譁然，所有的人都開始鼓譟，「此時中正堂外面竟然有人開始放炮，好像事先說好了一樣，裡應外合。」W 回憶，「那時教官開始滿場追人，到底在追誰，場面太混亂了！根本搞不清楚。」

但是也有同學的記憶完全不一樣，有人記得的場面很平和，「就是有人上台獻吻，然後教官就把人帶走了。」同學 L 在三十年後回想道。

　　不論現場情況怎樣，最後的結果都是獻吻與被獻吻者皆面臨了被校方記過的懲處。這在當時是大事，據說有人通報了媒體，《民生報》旋即報導了復興高中的「親煩事件」，輿論開始廣泛討論，教育部及校方都面臨了極大壓力。事件後來由教育主管機關定調為尊重校方處理，據說當事人則是被記了「暗過」。

照片：民國 74 年 5 月 28 日《民生報》頭版報導復興高中親煩事件。
（聯合報系／授權）

　　事隔三十年，我試著想要連絡當事人還原史實，但無法取得直接連繫。我在批踢踢查到一篇由 nitmit 在 2017 年所寫的「復興高中親頰事件」的文章（https://www.ptt.cc/bbs/NTPU-ECONM92/M.1189542886.A.60F.html），該文抖出許多內幕，像是，「親頰事件被報紙登出的那一天，爬著好漢坡上學的同學幾乎是人手一報，低頭閱讀自己學校如何成為社會新聞的焦點。更驚人的是，有人在好漢坡上寫了『地中海ＸＸＸ』的抗議字樣，每個字都有一百公分見方那麼大。」

　　「地中海」是同學們私下給校長取的綽號。

　　噴漆抗議的部分，同學們的記憶也不相同，有人記得是在行政大樓前的地上看到，有人則說是噴在圍牆上。不論噴漆抗議的地點在哪裡、噴了幾處，憤怒之火猶如星星般，眼看著就要燎原……或許是內外交迫的情勢顯得棘手，讓校方終於決定退讓，以「記暗過」的方式讓此事在最短的時間內悄然落幕。

　　然而輿論一直記得此事，在我畢業後那幾年，只要跟人提起我是復興高中畢業的，大家都會提到「親頰事件」。1985 年，也就是我們畢業那年，龍應台女士在出版的社會評論著作《野火集》中，特別收錄了〈機器人中學〉一文，批判髮禁、制服背後的「高壓性管制教育問題」，「這種所謂訓導的目的呢，就是使所有台灣地

區所培養出來的十幾歲的小孩都長得一模一樣，髮型一樣、穿著一樣、舉手投足一樣、思想觀念一樣，像工廠的生產線所吐出來一部一部機器。」她更批判了復興高中的親頰事件，「『吻頰』事件發生之後，報紙輿論固然批評學校過分保守，卻稱讚教育部『不干涉』的態度，我很不能理解：這樣反人性、反理性、反自然的虛偽教育，怎麼能夠『不干涉』？難道我們的教育決策者在鼓勵這個高壓管制的框框的栓緊？我們到底要一個什麼樣的未來？」

事隔多年，世界翻轉，台灣政黨輪替了一次又一次，社會氛圍變得更為自由開放；相對於當年我們在髮禁末期所感受的保守氛圍，如今的孩子則是在極度開放的環境中成長。每當我看見那些青春期的女孩們可以留著漂亮的長髮，穿著可愛的短裙與長褲上學，她們所散發的青春氣息總讓我感到欣慰。走過那個透過智育、嚴格管教一統我們的年代，我深切明瞭，在追求知識、形塑思想與培養健康人格的過程中，尊重每個人的獨特性是多麼重要！我們無意成為只追求外貌、崇拜時尚或唯物主義者，但是在學會欣賞自己的過程中，我們沒有必要透過體制刻意醜化自己。

隨著我們這個世代的老去，「親頰事件」自然也不會再發生。如今的復興高中已轉型成藝術中學，學風更

為開放活潑了！而當年極度保護我們這些女同學的校長「地中海」也已經過世了……當我步入中年，有機會再跟師長、教官回憶這段轟轟烈烈的過往，他們幾乎都以「死者為大」為由，對「親煩事件」一笑置之，不做任何評論。那敦厚的態度令我敬佩，卻也不禁揣想，當年在台上熱情演唱〈Hotel California〉或〈Careless Whisper〉的同學、學長與學弟們，他們後來的人生如何了？那個勇敢表達熱情的女同學，人生是否因為親煩事件而變得不同？透過側面消息得知，女主角當年在輿論壓力下勇敢讀完復中，後來到美國讀到碩士；男主角也考上大學，兩人早已分別嫁娶，如今都旅居國外。

如果時光倒流，重回中正堂的我們，是否有勇氣築起一道人牆，保護他們於教官之外、於體制之外、於懲處之外呢？

我真的不知道。

《Hotel California》

那時候我們都聽ICRT
瑪丹娜抖動著性感的軀體
用娃之音向全世界唱完著處女
麥可傑克森的舞步是如此迷人
沒有人想要企圖抹黑他
英文老師放給我們聽的都是
經典老歌和美國童謠
但我們愛的是 Hotel California
吉他手的熱力演唱太迷人
中正堂的屋頂快被掀翻
所有的教官都嚴陣以待
但我們乃是青春正艷
無愛不歡

樓上樓下廖媽家

　　1984年十一月我做了一個高中時期的重大決定——搬到校外住。那是高二下學期，距離聯考愈來愈近，我的成績依舊沒有起色。在書法社好友汪汪的鼓勵下，決定搬到校外和她一起同住，為聯考而努力。我已經忘記當初為何做此決定，那是復興四路上的一棟別墅，從校門出來往山上走，不到五分鐘的路程進入小巷，巷裡的紅色大門裡，隱藏著一棟三層樓的別墅。房東太太「廖媽」是學校的行政人員，我們便喚它「廖媽家」。

　　那是個只有在電影裡才會出現的房子，大門進去的樓層，門口旁有間很小的房間，住著三位男同學。地下一層是客廳，沙發大器地擺在中央，擺設是凌亂的，彷彿是平日廖媽工作的未及之處。客廳的另一端還有房間，住著另一群男同學，而我們女生則是住樓上一大一小兩間房，邊間的小房間裡擠著三名學妹，而我們這間稍大一些些，上下鋪兩張床，四個床位靠牆而立，另一面牆邊架書桌，豆豆跟珠珠在右側，我跟汪汪靠在左側浴室旁邊。

　　在我搬進去之前，豆豆跟珠珠曾經強烈反對原本已經夠小的空間再擠一個人進來，這也是為什麼，汪汪後

來和我共用一張書桌的原因。拙於人事的我，在一開始就不是個受歡迎的人，我在搬進廖媽家後的一星期，沮喪到無以復加。

十一月的山城，已經有濃烈的寒意，年少的我身陷於落寞的心情中，不知如何排解。我在日記中傾訴，「有人說，高三最需要的就是知心朋友，當初毅然決然搬出來和汪汪住，先是遭到豆豆的冷嘲熱諷，如今一切雖然已經說開來了，卻在強顏歡笑之餘，有一股說不出來的難過。」友誼的失落隨著時間而逐漸淡去，後來豆豆在我的畢業紀念冊裡留言，說我們是不罵不相識，「在廖媽家的那段日子裡，我漸漸發覺妳善良可愛的一面」，並且規勸感情太豐富的我，要懂得保護自己。豆豆畢竟是了解我的。

樓上樓下的楚河漢界，先從地緣關係較近的一樓三男開始瓦解，那間房裡住著阿彭、阿康和阿泉。有時我們到山下吃晚餐，正巧碰到他們，就會一起步行回廖媽家，因而熟稔。一樓三男喜歡打撲克牌，我們因此學會了打橋牌、吹牛和大老二。當時沒有手機和網路，一樓三男若要找我們，就會拿根棍子敲敲他們的天花板，他們所敲之處剛好是我們的地板，聽到暗號我們就會下去。廖媽或許注意到了我們之間的互動，有時若時間已經太晚，她會到他們門口呼喊阿康（至於為什麼總是要

呼喚他，我也不太清楚），每當房門打開，她看到我們在裡面，總會故做打擾狀，然後很尷尬地離開，而我們通常也不會再久留。

廖媽有一陣子會為我們準備晚餐，一堆零亂雜物的廚房裡，好整以暇的豐盛菜餚像自助餐似的等待我們品嘗。廖媽家原本就人丁興旺，大姐、二姐、小妹跟小弟，加上在電視台擔任美術工作的男主人，以及所有房客十幾位學生，我往往吃得不太自在，總是匆匆扒了幾口就跑回房裡。

遙遠的地下室那頭，到底住了幾個男生？有幾個房間？我也搞不太清楚。那年的十二月，考完模擬考的一個下午，地下室那頭的小于和我們坐在小客廳裡，小于彈起吉他，唱起招牌歌曲〈Heart of Gold〉（那年頭哪個男生不會彈吉他？），我在日記裡形容，「他的吉他聲『雜雜的』，他的嗓音『啞啞的』，跟我同星座，是籃球校隊。」當日他還唱了〈Blowing in the Wind〉、〈Love is Blue〉、〈Dianna〉、〈All I Have To Do is Dream〉，支支動聽！年少的我不食人間煙火，彷彿只要有音樂就可以活下去。

地下室的男孩充滿神祕感，他們安靜而不喧嘩，放學後窗邊的檯燈就會亮起，那可能是瘦瘦高高的「洗衣板」正要準備讀書。而他們對於我們二樓女生的興趣，

可能以隔壁學妹為主。聽說，阿宗一直很喜歡我們隔壁
那位笑容甜美成熟的學妹。

　　廖媽的小女兒長得極標緻，白白鵝蛋臉，甜美笑容
十分早熟。廖媽的小兒子非常淘氣，經常會來窗邊嚇我
們。大姐的個頭高大，頂著一頭捲髮，出現時總是無聲
的，有時她會站在二樓的小陽台，低頭看我們進進出出
她家。她的世界幽遠神祕，我從未有勇氣探索。

　　在廖媽家的日子，原本是為了衝刺聯考而入住，但
是裡面的住客，不論是房東家或是我們，實在是太精彩，
漸漸地又把我們的注意力從書本上移走，不到一學期，
小于就決定搬走，我也打算重新搬回學校宿舍。然而在
那裡發生的許多事，都足以寫成一本小說或拍成電影，
那麼地精彩。

第一支舞

　　廖媽是我所見過最奇特的房東，她在學校擔任行政工作，照理說應該明白校長的管理政策就是男女授受不親，但是她卻在她家營造了一些可以讓我們跨越楚河漢界的機會，例如，夜晚的共餐、宵夜，以及那非比尋常的耶誕舞會。

　　我很少看見房東先生，印象中他胖胖的，為人非常豪爽，總是在吃著東西；對於身邊發生的事似乎不太在乎，包括家裡的凌亂、小孩跟房客的恩恩怨怨。我在往後的人生中偶爾會遇到這類人，他們多半才華逼人，身邊的人很自然的就會為他們燃燒自己。

　　1984 年的那個冬天，廖媽家開了個耶誕舞會，地下室的客廳竟然出現了舞廳等級的七彩霓虹燈。一首首西洋流行樂曲流瀉在昏暗的空間裡，我不記得四間房客有誰在現場，只記得小于的室友「Mr. Darcy」自在地站在那邊享受音樂，有一搭沒一搭的跟身邊的人聊天。（稱之為 Darcy，是因為每個女孩心中都有一位像《傲慢與偏見》裡的 Darcy，愛之故所以驕慢之……）我們幾個女生坐在那裡有點不知所措，或許是血液中的俠義性格使然，我竟然走向他，跟他聊了起來。

　　「妳們女生為什麼不站起來跳舞？」他說。我的態度很強硬：「應該是你們男生要來請我們跳舞吧？」他的反應倒也大方：「好啊！那我請妳跳嘛！」

　　說完他就笑了，那帶著幾分自信和揶揄的笑意，和我天不怕地不怕的霸氣，其實活像小學生為了爭辯男生女生誰拿第一而對嗆，只不過因為青春期荷爾蒙的關係，竟然產生無可救藥的化學反應──他多像個情場老手，那樣地漫不經心，女生對他卻又是那麼地容易，彷彿唾手可得。要過了很久以後我才明白，他並非刻意耍酷，這世上有人天生就是發電機，而他就是個超級強力發電機。

　　然而當時我才十七歲，沒有交過男朋友，更要命的是，那是我的第一支舞。我的日記提醒我的是，我的第一支舞是「空中補給合唱團」（Air Supply）的〈迷失在愛中〉（Lost in Love）。Mr. Darcy 輕輕地帶著我，右二左一、右二左一，整首〈Lost in Love〉都是羞澀的少女情懷。「幹嘛低著頭？」他問我，我答：「怕跳錯。」其實我怎麼敢抬頭看他呢？到最後，我們兩人的手上都是汗，我的左手緊抓著他的肩，他說：「身體放軟一點，放輕鬆一點。」我才發覺我將他的肩抓得好緊好緊……

　　每當我看見日記中自己所描寫的這一段，總忍不住哈哈大笑，就像三毛在〈七點鐘〉這首歌的歌詞中所寫

的，大學時被心儀的對象第一次提出約會的反應竟是
「好！我一定早點到。」女孩們的第一次約會怎能不緊
張而慌亂呢？當年的 Darcy 就像個大情聖，而我是個情
竇初開的醜小鴨，這樣的組合注定萬劫不復。

全世界都知道我深深迷戀上他，同學們會半嘲笑地
通報我：「喂！妳那個偶像正在操場打籃球⋯⋯」每天
在課堂上我想的就是他彈著吉他唱〈Let It Be〉的神情；
在寫給美國小學同學的信裡，我開心地告訴她：「我遇
見了一個唱歌很像 Paul McCartney 的男生，他唱〈Let It
Be〉非常好聽。」

我人生的第一支舞將我帶到了某個情感開發的階
段，我從以往的單純傾慕男生，進入肢體碰觸的階段，
天知道對一個十七歲女生來說，人生中的第一支舞有多
重要。

往後每當我看見一些美國影集，高中男女極其慎重
地面對畢業舞會，男孩紳士地提出邀請，親自到女孩家
按門鈴、跟女方家長打招呼再把女孩載走，雙方像王子
公主般地盛裝以對，我都深深感到遺憾！我的第一支舞
實在是來得太快、太無法預期了，以致於我只能像個慌
張的醜小鴨，突然在一個帥氣男孩面前搖搖學步，那舞
步之慌亂，我儀容之隨便，都讓那一支舞平添幾許錯謬
與滑稽。

在我接下來的高三生活，我便陷入迷戀 Mr. Darcy 的深度輪迴之中，那求愛不得的痛苦與升學壓力如潮水般襲來，使我猶如深陷泥沼裡，快要溺斃。一直到三十年後，我與他重逢，我才看清楚，原來他是我情感的原型，那部分的失落與不足，迫使我在高中以後的人生裡，無法自在發展親密關係。直到年近半百，我才有辦法安慰我內心裡的小孩：「沒關係，那只不過是一支舞而已！」並且深深地為那個十七歲的自己感到心疼。

照片：高中時我送給 Darcy 的書法，被他掛在住處的客廳裡。（Darcy ／提供）

《第一支舞》

那時我們都不知道
什麼叫 first dance
我們拙劣地移動著身体
羞澀地默數左二右一
還是右二左一
如何能優雅地共舞
自信地微笑
讓我留在你的記憶裡
可以稍微有那麼一點
友達以上 戀人未滿的滋味
而不僅只是
十七歲的第一支舞

情感的原型

　　寫及此文，這本書也接近尾聲，卻是我最難完成的一篇。

　　高三上學期在廖媽家認識了 Darcy 之後，我的世界就陷入泥沼中，我跟他不算交往，始終處於曖昧狀態，套句現代人的說法，比較像是「友達以上，戀人未滿」，但如果要嚴格分析，其實我對他的了解並不深，崇拜的情愫多過實質交往後的深入認識，也因此才會在缺乏理性的支持下如此萬劫不復。

　　Darcy 是 AB 型天蠍座，家住中壢，他的身形削瘦，蒼白的臉上掛著黑邊眼鏡，濃眉大眼長睫，有點小戽斗，個性非常隨和，總是好脾氣地聽我講話，然後順著我的話聊下去。有一回我們從復興高中山腳下往新北投公園的方向走，那時我比較能和他正常說話而不緊張了，我們就這麼邊走邊聊，好像可以聊到地老天荒，後來我看電影《Before Sunrise》（愛在黎明破曉時），女主角茱莉蝶兒和男主角伊森霍克在歐陸旅行，他們一路上不停地交換意見，談論生活中的無聊瑣事和人生道理，我就會想到我和 Darcy 曾經那般天南地北地知心過。

　　當我們還住在廖媽家時，1984 年的那個冬天，在和

他跳過我的人生第一支舞後，我就渴望和他有進一步交往，但始終無法有具體進展，那每一次的會面與接觸都讓我一五一十地寫進了日記裡。

Darcy 帶給我的許多初體驗，不單是生平的第一支舞，還包括第一次單獨跟男生夜遊、第一次搭男生的摩托車……那些諸多的初體驗雖不至於離經叛道，但在那個保守單純的年代，已是一個高中女生所能做的大尺度嘗試。

還記得第一次和他到北投山上夜遊，不知怎麼的，兩人就一直往山上走，夜晚的大屯山寒氣逼人，我太喜歡他，以致於真的是「墓仔埔也敢去」。一路上冷得要死，不知道他要帶我去哪裡，卻又不敢挑明了問，我們就這麼在漆黑的山裡循著幽微的路燈與月光亂晃。最後彎進了一條山中小徑，總算有塊石頭可供腳痠的兩人和腿而坐，開始聊天，然後他拉拉我衣袖說：「我要聽妳唱歌。」

這當然難不倒老娘（喔不！是十七歲的我），我的口袋裡一堆歌單，當下我決定唱〈海裡來的沙〉，「拾起一把海裡來的沙，就是拾起海裡來的偶然……」，我自信地唱著，很快就不再害羞，但也很快就發現起音太高了，不太妙！最後沒辦法，只好在副歌時降 key，Darcy 本來隨著旋律打著節拍，一聽到我降 key，停下來

看了我一眼，又不好意思打斷我。唱完我就大笑了！事實是，那晚什麼事也沒發生，我沒有故做小女人狀直呼好冷，乘機抱住他，他也沒有趁人之危摟住我，非常的君子。我們在深夜回到廖媽家，我立刻心滿意足地入睡。

Darcy 好像磁鐵吸引著我緊緊跟隨，大家都知道我喜歡他，也就適時製造機會讓我們相處。我始終摸不著他的心思，但總是單相思的時候多，任何形式的接觸都足以令我回味再三，在日記裡反覆咀嚼，推敲他的心意；然而我從未當面向他告白，他也未曾挑明了拒絕我，我們的友誼就在曖昧不明的情況下，似有若無地持續著。

還在廖媽家住時，有一回我和汪汪到士林挑選室友的生日禮物，因為逛得太晚，錯過了回北投的末班公車，只好打電話回廖媽家求救。電話正好是 Darcy 的室友阿宗接的，阿宗便和他騎摩托車趕到士林救我們，汪汪和阿宗很有默契地讓他載我，那應該是我第一次被他載吧！小鹿亂撞是必然的，一路上更是不知所措，Darcy 似乎欲言又止，我拚命告訴自己要牢牢記得這一刻……直到回到廖媽家，汪汪告訴我，阿宗說 Darcy 原本打算要帶我去淡水，結果他不敢說。我詫異極了，更不解的是為何他打消念頭，到了淡水後又打算對我說什麼呢？我永遠不知道答案，因為當時的我太害怕開口詢問，更害怕問到的答案令我無法接受。

　　和 Darcy 共乘摩托車的記憶是美好的。一回從山下回廖媽家，夜漸深，大屯山的星空好美，他放慢了速度，似乎也在享受復興四路的寧謐。整條山路只有他的摩托車引擎聲，我任性地要他抬頭看星星：「你看那些星星，他們應該有個名字的！」Darcy 笑了：「當然有啊！只是我們不知道而已。」他總是如此少年老成，當時在他眼中，我必然像個發育不全又充滿不切實際夢想的小妹妹吧！

　　我和 Darcy 的事很快傳到他媽媽那裡，事情怎麼傳的、傳成怎樣？我不得而知，然而那時快要聯考了，同學小威勸我「此時最好大事化小，小事化無，最好沒事」；Darcy 的媽媽也很緊張，除了耳提面命他不可以怎麼樣，甚至一度要將他轉學回中壢。他後來還是留在台北，但選擇和小于一起搬出廖媽家，換到山下住，而我在一個月後也搬回宿舍。在廖媽家的精彩生活就此暫時劃下休止符。

　　我們之間仍有聯繫，但以單向居多，有時我會打電話給他，電話裡卻不知道該說什麼，我們也會約見面，Darcy 彷彿總有話對我說，卻又欲言又止。1985 年二月，聯考前的最後一個寒假，我們約出門玩了一趟，我們去公館「大世紀」電影院看《小奇兵》，去台大看傅鐘，去補習街吃蚵仔麵線，去買我寫書法用的宣紙，去力霸

百貨喝東西……那應該是年少時最令我難忘的一天，我在那日得以放鬆地與他共享美好時光，不必擔心打電話找不到他，或是因為與他共處而讓他母親憂心。到了傍晚，天空下起雨，Darcy 善解人意地與我共撐一把傘，他的手輕輕地搭在我的肩上，過力霸前短短的斑馬線；他幫我整理被風吹亂的頭髮……對一個將滿十七歲的女生來說，這樣的一天實在太完美了！美得令人無法負荷。

到了三月，校園也熱鬧了起來，小高一與高二生每天在操場練軍歌，吶喊聲迴盪在山城，老榕樹原已快落盡的枝頭又冒出幾許新綠。第三次模擬考的成績公布，或許是二月的會面令我安定不少，我的成績終於有了明顯進步，大家也都很拚命，小于四十一名，Darcy 在第二類組是八十幾名，我在第一類組是一百三十一名。

然而課業壓力實在是太大了，沒多久，我的成績又開始起起伏伏，始終沒有辦法有穩定表現。我始終想著要去找 Darcy，卻又怕打擾他，礙於面子，我壓抑得很痛苦。或許他也在某種程度上需要喘息，想要暫時從課業壓力中逃脫，一回我們終於又碰面了，就近選在北投公園聊天，那天我特地穿了長裙，兩人聊一聊突然想去淡水，他便回住處騎摩托車來載我。車在公路上飛快奔馳，我拚命壓住裙子，不斷整理被風吹亂的頭髮，我緊

緊環住他的腰,公路上的路燈昏昏黃黃,在那樣的時刻,整個世界彷彿除了有大大的風、黃黃的燈之外,就只剩下我和他。

我們在關渡大橋下了車,無聲地俯瞰淡水河,那晚的月也靜靜地躺在淡水河的漣漪裡。他興奮地聊起在廖媽家的那幫人怎樣好玩,我插不上話,只是微笑地聽著,然後他說:「我本來今天要妳唱〈海裡來的沙〉的。」

我是否在夜晚的關渡大橋上對我傾慕的他獻唱這首曲子,我已不復記得,只記得後來幾次的會面不再純粹,他總是欲言又止,無法說出「我其實不喜歡妳,我們不要再見面了」這樣的話,卻又在態度上明顯冷淡。一回我到他住處找他,進門後不久,一名我不曾見過的女生從屋裡出來,像在嘔氣似的,想要奪門而出,Darcy 試圖勸她留下,但她還是氣嘟嘟地跑掉了。我才明白原來我喜歡的男生也會有別的女生喜歡他,而我怎麼搶得過人家?

大學聯考我們都落榜了,我和辛可、炸干、周 Pia、阿毛和洪猴報名同一家補習班,Darcy 則是去了另一家。重考那年我痛定思痛,極為用功,最後不再和他聯絡,日記也暫停書寫。直到三十年後我才從 Darcy 口中確知,他在重考時與那女孩開始交往。

1995 年我自美學成歸國,進入《聯合報》工作,那

時的我對自己的內在與外在都自信許多，一回和他約了見面，將近十年後的重逢，我卻異常冷靜。Darcy 當時在營建業工作，我的眼界漸開，眼前的他述說著自己的風流韻事，一股委屈從我心底湧現——原來你四處風流，卻不曾回頭找我！當下便下定決心，不再與他聯絡。

在接下來的二十年裡，我遭逢數次情感波瀾，過得辛苦，但人生堪稱精彩，跑了將近四十個國家，也出版數本個人著作，我的人生似乎已與他毫不相關了，直到那晚，我夢見了他。

夢中的他一如年少時瀟灑，領我去一處荒煙蔓草，述說著家道中落。夢醒後我感到不安，開始在網路上尋人，但同名同姓者太多，我無法確認哪一個才是他，二十年的改變可以相當巨大，我甚至鼓起勇氣寫信給其中一位，確認他是不是我曾經朝思暮想的那一位。我終究找錯了人，悵然若失的我因而寫下一篇名為〈網海懺情記〉的文稿，投稿至《中國時報》人間副刊，那是 2008 年的事，沒想到，他看到了。

包括後來我出版數本個人著作，他都看到訊息。他向小于提起想要尋人的意願，然而當時我已經離開《聯合報》，小于建議他打電話到出版社，但他終究沒有這麼做。後來他也在臉書上尋人，但因為我一度使用英文名字，他搜尋不到我，直到 2015 年我突然生起念頭想再

找他，終於在臉書上發現了他。

他張開雙臂，在雪地上對鏡頭微笑。他的樣子一點也沒變！我立刻告訴了阿 Pia，難掩激動之情。從公開的個人資料判斷，他應該在海外工作，我傳了私訊給他，但石沉大海，連讀取都沒有，我因而認為，他可能在臉書被限制的中國大陸定居，或者是帳號已經無效了。

過了一年我又想到他，一度央求與他同班的保谷代為尋人，保谷答應的同時，我再度回到臉書送出交友邀請，他幾乎是立刻接受了！我才知道，他在過去幾年都在印度工作，而我從 2008 年起頻繁拜訪印度，卻都無緣與他不期而遇。

我永遠忘不了那一天，2016 年 1 月 24 日，台北創下四十四年來的最低溫，攝氏四度讓我們的大屯山也降下瑞雪。我與 Darcy 在畢業 32 年後重逢，我跳上他的老賓士——那是他辛苦打拚多年買給父親的禮物——我們重回復興高中。

文林北路通往北投的路上大塞車，人們傾巢而出賞雪，我們朝著白雪靄靄的大屯山移動，塞車給了我們充裕的時間敘舊。三十年的歲月讓彼此蒼老不少，儘管我們都因單身而在外表上佔了點便宜，卻也深切明瞭一切的不可逆，韶光早已流逝，我們回不去了。

我們走進復興高中，細數著細微的變化，我們喟嘆

著老榕樹的逝去，以及操場石階的不再……還好男女生教室、中正堂都沒變，Darcy 與我在校園合影，在那一刻，三十二年恍若瞬間，彷彿三十二年裡什麼都沒發生，我們只不過是做了一場好長好長的夢，夢醒後添了白髮，而「地中海」校長已經從校園裡消失了。

我們也回到廖媽家的那條小巷，我緊跟在他後面，好像回到三十二年前，我們夜遊後趕回家的時刻……廖媽家變了很多，我已經認不出那扇大門，就連裡頭的建築我也覺得陌生。強烈的隔世感令我卻步，Darcy 回頭問我要不要走近看看，我搖搖頭，那已經不是我們當年的廖媽家了。

那天在回家的路上，Darcy 伸出手來摸摸我的頭，一如當年哄小妹妹一樣說：「小孩子。」我什麼也沒做，他什麼也沒說，就這麼結束了我們的中年重逢。他很快就必須返回印度工作，我們未能再見面。那天在登機前他告訴我，等到了印度再聯絡，「西呦 soon」（See you soon）幾個字從 LINE 裡跳出來……

事情沒有發生，在他回到印度的那個禮拜，我每天寫一首詩，當寫到第四首，我突然間豁然開朗，明白了一切。

Darcy 是我的情感原型，我喜歡像他那樣的斯文書生，瘦瘦高高的樣子，喜愛音樂，以及耐心的好脾氣。

然而我與他即使結合，彼此也不會幸福，因為我始終會活在被他選擇的模式中，時時等待他的青睞，那終將把我推向墳墓。我再也不願回到十六、七歲時的迷惘與等待，那太痛苦了！而當他面對我時，也將自然地回到以往的逃避模式、無法給愛的模式，那樣的矛盾之中。

我感恩上蒼讓我們重逢，唯有如此我才能看清楚，我如何在自己失敗的情感原型中自掘墳墓、折磨自己，潛意識地認為自己不值得被愛，這讓我三十幾年的親密關係狠狠卡住，無法跨越。我終於可以清楚明白地告訴自己，那些不健康的幻想與情愫並不存在於現實世界中，唯有直視這樣的傷痛，以及傷痛背後的糾葛因緣，我才能讓自己重生。

我沒有將那四首詩寄給 Darcy，也沒有投稿到報刊。我們各自回到原有的生命軌道裡，繼續學習面對中年後的人生。Darcy 將不會在報上、網路上看到我又再一次搜尋他，然而他永遠是我的情感原型，我的 high school crush。

附卷

別後三十

別後三十

　　三十年如轉瞬，如彈指，如南柯一夢，種種過去在書本中、在文學作品裡、在宗教典籍中對於韶光之華麗不實、虛幻縹緲的敘述，都在別後三十年一一印證。

　　莊子說，「相濡以沫，不如相忘於江湖」，做不到這瀟灑的，反而是隱藏或逃避。更多時候，在離開校園後斷了音訊，不外乎是忙於生活，而人生道路上的諸多庸碌、坎坷、勞頓、傷神，都不免讓人圍困在自己的小宇宙裡，忘了或無法踏出那一步，問問昔日的同學們是否安好。

　　就怕當自己準備好時，為時已太晚。

　　那日，在高鐵裡，我從搭錯的車廂匆匆趕至另一節車廂，有人叫住了我，是Ｌ。

　　高中時為功課所苦，每當我壓力大到肩頸痠痛，是Ｌ耐住性子，從第二排走過來，幫我按摩肩膀，「以後妳最好嫁給拳頭師啦！」她總是這麼打趣道。

　　Ｌ上大學後一樣很美，我們聚會的時候，我看見她參加校園拋繡球比賽的照片，蕾絲裙與蕾絲上衣襯托著她的優雅氣質，瓜子臉瞇瞇眼，捧著一束花笑得好開心。我知道自己還是轉不成大人的那一個，因為自卑，不想

再看見別人的輝煌燦爛，我沒再跟 L 連絡。

　　除了阿 Pia、阿毛，因為在同個圈子工作，其他同學都已與我走向不同的平行時空。我不知道該怎樣回顧那一切，多半是因為自己的本質很不世俗，因為世俗不起來，我無法成為世俗中的佼佼者，我無顏見江東父老。

　　如果不是高鐵上的偶遇，看見 L 從包包裡掏出數十年捨不得丟的破爛手寫通訊錄，聽她述說曾經打到我家找不到人（那幾年我不斷飛行旅行……），我無法鼓起勇氣回顧這一切。然後，我克服了內心的抗拒，加入了通訊軟體裡的某些群組，於是，高中同學們一個牽一個，慢慢更新了彼此踏入中年後的訊息；於是，得知了同學中已有人提前折翼的消息。

　　是狼人無意間告訴我的，那已是十幾年前的事，高中時很會講笑話開導為情所困的我的鄧白，因病去世了。老爹證實了這個消息，感謝她在最後的階段陪伴鄧白走過。

　　畢業紀念冊上的全班大合照，鄧白窩在前面右邊第二排，嬰兒肥的圓圓臉襯著整齊的妹妹頭瀏海，她在照片中端莊淺笑，和我記憶中的搞笑樣子完全不同——鄧白的功課好，具有某種堅強的意志力朝目標前進，可以把乏味的事講得很有趣，對我的耳提面命就是「功課第一，其他的臭男生都不要去理」；大學聯考時，人人都

加考了大學夜間部聯招，鄧白明明成績好，卻還跑去考軍校，還記得考出來時她跟大家說：「軍校好好考喔！大家都來考軍校！」非常搞笑，因為她在我心中永遠是人生勝利組。

然而絕對不可能是這樣子的，我們都知道，她也有跨不過去的難關。遺憾的是，畢業後我未能與她連絡，直到得知她病逝的消息，我才在網路上看見她過去的工作夥伴發文憑弔她。不敢相信她走得那麼早，那麼快。

至少曾經彼此善待過。

於是我告訴自己，別那麼在意自己的衰老與一事無成，青春期的純真情誼一定要找回來！很快地，就在我加入阿賽斯的群組後一星期，同學們以驚人的速度串連起來，全班五十多位中找回了三十幾位，這包括從高一到高三被涂萍導師帶過的同學，以及在女宿時一起混過的室友們。

於是我們決定舉辦畢業後首場同學會，老師在電話中興奮極了，允諾一定參加。那幾個星期的 LINE 群組，每天都有上百個訊息響來響去，同學們如同回到十七歲的女生宿舍，七嘴八舌地交換近況，我們懷念鄧白，想要知道教官、校長的近況，還有誰應該可以找得回來卻還失聯的……我們甚至想要動用戶政系統尋人。

一切都是那麼地自然，三十年前我們在同一座山城

共同生活了三年，然後各自分飛，這島嶼如此渺小，我們在綿密交錯的動線上來來去去，卻始終未能重逢。凱蒂說得好，「時間的書翻頁得太快」，倏忽，我們已來到中年。

那場同學會，充滿溫柔的淚水與擁抱。誰胖了，誰變了，誰又沒怎麼變，誰還是老樣子……我們錯過了彼此最美麗的時刻，卻在年屆中年及時送給對方溫暖……我們深愛的涂萍老師抖著雙手，拿著麥克風對我們訴說別後三十年的生命轉折，她的夫婿——我們所敬愛的歷史老師應厚步老師，深情地握住她因為帕金森氏症而抖動的手，一如三十年前那般理解而貼心。那宴席如此優美隆重，我為大家準備了中英文花式書法名牌，阿如如和小好整理了鉅細靡遺的通訊錄，阿賽斯自製手工皂送給大家，劉警察還做了書法祈福字卡……

我們因為太過亢奮而吃不下所有的食物，我們聊近況，也獻唱歌曲給老師聽，當我再度唱起〈To Sir with Love〉，我真心覺得自己回到晚自習被拱上台唱歌的時光，而當我帶領同學們合唱〈感恩的心〉與〈愛的真諦〉，我見到老師眼裡閃動著晶瑩的淚光……我們這些孩子們都已經來到中年，卻在這樣的重逢裡返老還童，深深感到被愛。

同學會後，涂萍老師特別翻箱倒櫃，找出了高二時

我當指揮帶大家參加合唱比賽的照片。照片後面，老師的英文字寫著「Dec., '83」（1983 年 12 月），老師說，「我知道這照片對妳很重要，送給妳，妳會保存得比我還要久！」

2019 年的教師節，將是涂萍老師與應厚步老師的金婚紀念日。這別後三十，來得剛剛好。在見與不見、念與不念之間，所有的滄桑都要一筆勾銷，所有的詩句都要記得，所有的歡笑也請珍藏。謹以此書獻給曾經相伴的你和我，願重逢帶給我們力量，一起優雅而勇敢地面對接下來的人生。

網海懺情記

春夢了無痕

妳從夢中掙扎著醒來。

窗外有微弱的天光，幽暗中讓人無法正確判讀時間，妳只知道這一刻的覺醒是夢帶來的暗示。妳不想坐起身來，只想翻身再尋未盡的夢……。他終於來找妳了，經過十五年以後，而妳仍然希望能得到一個結局，即使是在夢裡。

他還是戴著高中時的黑絲邊眼鏡，記憶中的濃密長睫刷著厚厚的鏡片，聲音還是 Paul McCartney 唱〈Let it Be〉時那種迷死人的調調，他就這麼以史上最貼近妳的距離，在 co-drive 的車位上，妳的身邊，指指前方的一片荒蕪地說：「那是我老家，被我敗光了。」

妳不記得夢中的妳說了什麼，斜陽遍照在荒煙蔓草上，他牽著妳的手，走向那片領地，那是××市××路××號，妳曾經在心裡默念過無數次迄今不能忘的一串地址，而妳在夢中卻只看到斷垣殘壁，金黃色夕陽隨微風飄盪著。妳靜默地旁觀那樣的殘敗與潦倒，他緊緊地握住妳的手，凝重地說：「街坊鄰居們說的都是真的，我把我家家產敗光了。」他轉過身來，緊緊地抱住妳，

241

彷彿再開口就是地老天荒。

他用挫敗的半生換來與妳的夢中相逢。

妳試圖再入睡，妳知道再進夢裡便會得到那句承諾，但窗外東方漸白，妳只能瞪著天花板，揣測夢會帶給妳什麼樣的結局。

Darcy 是妳今生的第一支舞、第一個讓妳願意冒著被記過的危險半夜逃出宿舍去會的人、第一個和妳深夜在北投山裡唱歌的男人。他是個刺青，是個烙印，是妳青春未染前的一片純白靜好。

妳忘不了如何在窗口等待他走下情人坡，看他抱著籃球去上體育課；妳忘不了曾與他在晴朗的週末散步至公園，一起坐在鞦韆上聊著無意義的人生；妳忘不了朝會時總想要往他班上的方向看，看他站在哪一排，有沒有認真唱國歌；他的級任老師來妳班上上課，妳總會豎起耳朵試圖從她的話裡拼湊出男生班的現況。

妳忘不了那回他跟妳一起並肩等公車，將手輕放妳肩上，整理妳的短髮。妳想忘卻總不能忘的、他抱著吉他唱 Beatles 的憂鬱神情。妳總是覺得自己的渺小、他的巨大，妳太天真、太無知、太單純，妳從未想過戀愛要做愛會懷孕，妳只有睡前想跟他說一通電話，聽他用 Paul McCartney 的嗓音道晚安。

妳的願望很卑微，從未想要過地老天荒。

　　妳認為年輕時的戀愛就是要鄭重其事地告白，像日劇男主角那樣誠懇地說：「我們交往吧！」因而當他對妳有著幾分認真，在妳的藍色畢業紀念冊上滿滿地寫了幾頁好感性的話，妳只覺得原來 AB 型的人這麼重感情。妳一勁地認為他最終不會選擇妳，因為妳是個醜小鴨。

　　等到醜小鴨懂得偽裝與打扮，他已經唸完專校上班多年，而妳的人生正要開始，妳年輕漂亮轉大人，妳有高學歷和人人稱羨的工作，贏面已然逆轉。你們最後一次的重逢，他坐在妳面前，喟嘆著自己曾經失去的女人和精神出軌的次數——那些花名錄裡都沒有妳，妳因此決定狠狠丟棄他，再也不要理這辜負妳一片純情的男人。

　　但這夢不一樣，他來和解了，妳想著過去的迷戀 VS. 狠心拋棄，像天秤的兩端，誰對誰錯、誰愛誰多、誰贏誰輸，多像浮濫的流行歌曲。然而究竟是誰放棄了誰？是妳自己該跟自己和解還是他？妳錯過的究竟是一段連一壘都到不了的戀情，還是妳深深追悔的青春？妳甚至無法確定只要他說出欠妳的那句話，承認曾經在乎過妳，妳就會放過他？

　　妳知道，妳需要一個答案。

Google 解千愁

　　妳開始習慣用 Google 尋人已有好幾年，青春已凋萎，妳只想以安全距離更新舊情人的資料庫，即使他們都與妳生活在同一座城市。

　　初戀男友 A，Google 告訴妳約有 4360 項查詢結果，妳翻了三頁就不想看，菜市場名橫跨兩岸，「科技公司資訊長 ××× 是推動此項行銷活動的靈魂人物」、「長庚醫院泌尿科醫師 ×××，專長：攝護腺肥大」、「失蹤多日的台商 ××× 目前仍下落不明」……，這些都對不上妳記憶中那個愛爬山、說話有點口吃的 A，儘管他有千萬分之一的可能棄醫從商又去了大陸慘遭暗殺。

　　男友 B，Google 告訴妳約有 525 項符合查詢結果。妳終於明明白白地知道自從 B 棄妳而去後有多麼地飛黃騰達，他的照片活生生地被貼在執教的學校網站上、國科會網站上有他的研究紀錄、國家圖書館有他研究生的研究報告……，妳知道這低調得再不行的人就是當年的那個白面書生，錯不了，妳竊笑 Google 為妳報了仇，讓低調到不行的他被曝露在公眾之前，毫無選擇，無所遁形。

　　然後妳從男友 C 的 3245 項符合資料中，看見那女人用與妳相同的姿勢抱著他的狗，躺在他床上。討厭送往迎來的狗耐性地皺著眉，女人斜躺的臉緊靠在鏡頭前，

是一張年輕卻以濃妝掩飾滄桑的臉。妳詛咒Ｃ的爛品味，可妳仍不敢、不願、抗拒去推算，Ｃ的背叛始於何時，反正罪證確鑿都在網路上，再怎樣理直氣壯妳仍選擇在電腦前啜泣，連匿名在那女人的部落格上辱罵「你們這對姦夫淫婦！」的勇氣都沒有。

妳Google成癮。妳可以整夜坐在電腦前不停地Goo。妳不看《壹周刊》卻愛Google前男友的祖宗八代、最新動態，妳只恨戶政事務所不開放網路尋人，妳並不想用小丸子的方式surprise他們，但就是變態得想掌控一切。

妳Google人也被人Goo。有人來告解童年往事，有人不告而別後來尋諒解，有人要感恩妳當年的付出，有人只想單純say Hi，或確認他們網路尋人的直覺。除了直銷與推銷員的熱情，他們所有的人都選擇與妳一般安全的方式，連電話都不願打，連登門拜訪都不肯，甚至連寫封信都推託說沒時間。

妳假裝很忙，只揀出妳人生的光明面做簡單的自我介紹，妳不希望全盤托出妳的悲慘人生，儘管別人的也未必精彩。

於是妳知道妳必須和解，妳原諒他們才能饒恕自己，因為你也不願、不肯、不夠勤快與誠懇，妳躲在光纖網絡背後，跟成千上萬人一樣，窺探著，以10M/2M的速

度更新你的人際資料庫：妳冰冷，妳膽怯，妳逃避，妳不相信擁抱的溫度、過期的承諾、遙遠的未來，因為妳的內在小孩跟十幾年前一樣，妳認為妳是渺小的、模糊的、無關緊要的，妳不認為妳會被記得。

　　妳思索著該如何找到 Darcy。妳不信任那串地址，妳不想看見郵件被退回躺在信箱裡，妳不希望他的妻子（如果有的話）或老母拆了這信，妳不願讓他覺得妳仍在意，只因一場夢。

　　於是妳 Google 了 Darcy。

茫茫網海尋蹤

　　這又不是犯罪，妳當年曾經為了他半夜跑出宿舍，而今妳坐在電腦前竟然臉紅心跳又膽怯。

　　妳 key in 了他的名字，在按下 enter 鍵之前猶豫了零點三秒，Google 為妳 Goo 到 2430 筆符合項目，有詩人、小學老師、運動員、研究員、機械工廠老闆、咖啡店成功創業楷模⋯⋯。妳像 CIA 探員又像玫瑰瞳鈴眼女主角，忖度著該如何縮小比對範圍，Darcy 在妳記憶中的 database 停留在十五年前，妳如何能夠判斷哪一個才是他的真實身分？

　　於是妳選擇了一個妳認為可能的職業別，發了封信去對一位陌生人自我介紹，這對妳不難，反正網路是虛

擬的：回信很快地拒絕了妳，妳的判斷是錯誤的，他並未如妳預期地成為了一位學者。

夢給妳的暗示讓妳再度忖度他是否經商去了，妳用滑鼠滾輪來回點選幾個可能的公司網站，五金零件、鋼鐵公司、化學材料行……，妳不想打電話去一個個陌生的公司找負責人，什麼樣的身分可以讓妳對總機小姐留下電話？網友？青梅竹馬？推銷員？還是一個被遺忘了的女人？

也許他早已忘了妳。

妳突然發現，你們彼此已成為陌生人。

妳覺得悵然。妳從未察覺妳所居住的島嶼如此之大，而茫茫網海更遼闊。妳再也無從證明夢的真假、過去的一切是否真的存在過、他是否曾經在乎過妳……。

妳望著妳的 ASUS 小白機 12 吋螢幕，呆若木雞，妳覺得此刻妳應該泫然而泣，但妳只是呆若木雞。

妳禁不住訕笑起自己，原來青春已遠去，而妳竟然為了一個夢，回首頻仍。

妳知道，即便妳覓得了他，青春再也無法回頭了——那又高又遠的藍天、觀音山的落日、春日傍晚呢喃的燕子、夏日午后你們一起擺盪的鞦韆、午夜深林裡妳顫抖的歌聲、斜陽下有著樂隊小喇叭手吹奏〈愛之船〉的籃球場、聯考前一封封互訴近況的短箋……，這些，

都已伴隨著記憶中他的長長雙睫與迷人嗓音、妳的天真與無知、多情與浪漫，一起走入歲月深處，消失在茫茫網海裡。

　　妳知道，會有更多的人用與他相同的名字出現在這世界上，但曾經成為妳青春印記的人只有一個。而妳祈禱，總有一天，妳會解脫這一切，不再是個 Google 成癮的網海懺情者。

　　※ 本篇原刊載於《中國時報》人間副刊（2008 年 4 月 24 日）

那座‧觀音

　　認識你很久了，從我高中時——那是幾零年代？喔！請容我不要回想得太仔細，因為歲月流逝的速度太快，追想太慢、太殘酷。

　　在那個空氣中滿溢著費洛蒙的青春歲月，陽光不像現在這麼咄咄逼人，梅雨季節來臨前會有燕子自由飛翔，啁啾著返回禮堂的屋簷下。課間休息時間是屬於耀眼的運動型男生的，還有那個為了追求女生而捨棄午餐、苦情地在豔陽下投籃的、那個減肥成功的他。

　　那時的天很高很藍，即使在雨夜也有嘹亮的歌聲無懼地迴盪在操場上，我們歌詠未知的人生，而不是為了躍上「超偶」或「中國好聲音」的舞台。那時，還有髮禁，每個女孩都想辦法在額前多留一點瀏海，或是偷偷將百褶裙收短一公分。那時，我們不時興拍照時把臉歪四十五度加嘟嘴，我們寫私密的日記，覺得自己渺小的人生是害羞的。每個女孩都羨慕那個被稱做校花的她，而每個男孩的每個清晨，都在青島東路上守候，只為了她推門而出時那一抹嫣然的微笑。

　　你早就看見我們，在晴天的黃昏裡，不想太快回家的我們，倚著教室外的水泥欄杆，平日貪婪地說話的我

們，唯有此時會靜默地看被彩霞染紅的你，如此渾然天成的穹蒼，然後等候太陽在你眼前落下。當時的我並不知道，那會是全世界最美的夕陽。

音樂班距離你最近，多令人嫉妒，任何時刻走出教室便可見到你。可我們都太年輕，生命尚未艱難到需要祈禱、唸誦經文，或是求按一千個讚來集氣。你，很抱歉，只是我們青春記憶中一個不變的背景。而彼時的我，又何嘗思及，你那屬於高度靈性的象徵呢？

我也沒想到，三十年後，繞了地球好幾圈，走過四十個國家、上百座城鎮的我，會再度回到你的懷抱，在心情稍微盪漾、剛好又在聽陳綺貞的時候，推開辦公室那扇玻璃門，靜默地看被彩霞染紅的你，如此渾然天成的穹蒼，然後等待太陽在你身後落下。三十年前的我怎會知道，陳綺貞的音樂是如此悲傷虛無，如此適合年屆中年、一事無成、甜甜圈化的我，在這樣的傍晚聆聽。

你一定知道的，是嗎？你三十年前就知道了，否則你怎麼承擔得起這稱號？三十年來，你如如不動，任入夜後的燈光化成你的淚，汨汨流下，航向淡水河。你怎麼做得到？這怨，這無奈，這世間一切的無力回天的紊亂、顛倒與錯置？

別後三十

「曾經狂奔 舞蹈 貪婪的說話」

　　女神這麼唱著，狂奔、舞蹈、貪婪的說話……這些事，年輕時不太需要付出代價，或者說，代價還沒有那麼可怕，抑或是，相信這輩子等不到。

　　但你是知道的，這五濁惡世，迷人的輪迴，邪惡的偽善，虛無的人世，你早就知道，我，應付不來。

　　你知道我善於逃避，是以你冷眼旁觀我從小島出發，一個個國家走去，我走得很弱，無非是被豢養的一種方式，透過這種合理的豢養，一一收藏我那屬於前世的、文青的、病態的浪漫。

　　你知道病態的浪漫終究是短暫的，過了三十歲就不算數了。你必然知道我終有疲憊的一天，你等著，在輪迴之中迷惘的我，覺醒的一日。

「帶不走的 丟不掉的 讓大雨侵蝕吧」

　　你只是沒料到，我覺醒得如此之快。是吧？

　　我回到這裡，像魚一般，迴入某種中年的制約（或修心養性）之中。我看見你，日復一日，不曾問你，是否甘心，如同問我自己。

　　只是就像綺貞唱的，這城市衰弱得太腐敗了。我見你，日復一日，被醜陋的現代建築所遮擋，當晴空耀眼時，那些城市邊緣的建築也變得張牙舞爪。有雨時就更

不用說了，簡直是天災人禍後的末日。唯有黃昏仍是美的，那一抹抹的紅與藍，揉合得多美麗……（喔！這時代還有人如同三十年前的我們，捧著詩集揪心讀達達馬蹄的鄭愁予嗎？）

熱帶氣旋變得比舊日駭人了，但我迷戀，颱風來臨前留戀在你身邊的紫，宇宙更近了，人變得謙卑。

我也回去過，那個屬於我們的青春的場域。禮堂還在，燕子不見了，教室前的榕樹更茂盛了，但是當年我們在午夜前高歌的操場已被高高抬起，以容納下方的碩大停車場，那真是醜陋至極。

我還帶了他回去，不會說半句中文的他，在我當年讀書的教室前，笑著拉拉榕樹氣根，對著鏡頭拍照留念，就像當年那些黃昏時偷跑來女生教室的男生一樣。你是否早已知道，他終究會離開？就像所有關係的必然終止，無法逃脫輪迴的本性質。

我變得疲累了，想隨命運流轉而去。

我變得臣服了，我想問你，這是一種放棄？還是一種內化的謙卑？

我變得無爭了，我想問你，這是層層包裹的懦弱？還是真正的放下？

我變得衰老了，我想問你，何以你未曾擁有青春與衰老，姿態卻得以永恆？

「原諒我飛　曾經眷戀太陽」

　　綺貞稚嫩卻滄桑地這麼唱著。

　　於是我今日又來到你面前，仔細撫摸你的線條，你有著短而飽滿的鼻，命相學裡的富貴之相；你的額高高聳起，我思想那兒有著一隻你緊緊閉起的第三隻眼（那似溼婆神的強大威猛之眼，是否也只在濁世太過時才睜開？）。

　　你的姿態如此堅定，八風吹不動。而我倚著灰色的水洗牆，靜待夜色升起，城市的燈幻化成你的淚，汩汩流下，航向淡水河。

　　我曾飛得很遠，距離太陽很近，但我今日方知，我原來是一條魚，離開水面就無法呼吸，卻一直在追求一雙翅膀。

　　而你，必然早已知曉。

（2014 寫於關渡）

《終曲》

你知道這一切都會過去
豐美的都將陷落
盛開的都將凋萎
歡愛的終將離散

在生死之河的兩岸
在輪迴涅槃的兩端
你終將遺忘一切

在我們下一世的重逢
反覆這樣的
豐美與陷落
盛開与凋萎
歡愛與離散

我有一棵滿願樹
靜淨安住山丘上
盡享和煦春日光
心想事成無煩憂

那年的樹很年輕
盛夏的山上開滿朵朵白雲
飛鳥們都有一雙土耳其藍的眼睛
我的心田開滿朵朵深情
多想再跟十七歲的你說說話
多想留住
甩著書包 總是微笑的你
多想再一次
義無反顧奔向你

Felicia 2018.4.